KB007237

행복한 장례식

마르코폴로

류드밀라 울리츠카야

행복한 장례식

1판 1쇄 발행 2022년 12월 28일

지은이   류드밀라 울리츠카야
옮긴이   서정
책임편집   김효진
교정교열   황진규
디자인   우주상자
펴낸곳   마르코폴로
등록번호   제2021-000005호
주소   세종시 다솜1로9
이메일   laissez@gmail.com

FUNERAL PARTY(Original title : Веселые похороны) by Ludmila Ulitskaya
© Ludmila Ulitskaya
Korean Translation © 2022 by Marco Polo Press, Sejong.
All rights reserved.
The Korean language edition published by arrangement with
ELKOST Intl. Literary Agency through MOMO Agency, Seoul.

행복한 장례식

류드밀라 울리츠카야

서정 옮김

차례

01

열기가 대단했고 습기는 극에 달했다. 인적 없는 집들,
멋진 공원들, 각양각색의 사람들과 반려견들과 함께 도시
전체가 변화 국면의 한계 상황에 달했고, 뭐랄까, 그렇다.
축축하게 젖은 사람들이 고깃국물 같은 대기 속에서 허우
적거리고 있었다.

샤워실은 늘 만원이었고 대기 줄도 끊임이 없었다. 다
들 벌써 옷을 벗어던졌으나 발렌티나만은 브래지어를 벗지
않고 있었는데, 그 큰 가슴을 자유롭게 풀어놓게 되면, 이
더위에 가슴 밑이 다 눌려 살이 짓무를 것 같았기 때문이
다. 보통 날씨에 그녀는 브래지어를 하는 법이 없었다. 다들
젖어있었고 물기는 날아갈 줄 몰랐으며, 수건은 마르지 않
았고 머리카락은 헤어드라이어로만 겨우 말릴 수 있었다.

블라인드는 반쯤 열려있었고 빛은 줄무늬로 바닥에 떨어져 내렸다. 에어컨은 몇 년째 고장나 있었다.

욕실엔 여자가 다섯 명 있었다. 발렌티나는 붉은 브래지어를 입고 있었다. 니나는 긴 머리에 금 십자가를 하고 있었는데 비쩍 말라서 알릭은 언젠가 그녀에게 이렇게 말했었다.

"니나, 당신 꼭 바구니 같아. 뱀 바구니 말이야."

그 바구니는 저쪽 구석에 있었다. 알릭은 언젠가 젊을 때 고대의 지혜를 찾는다며 일 년인가 인도를 떠돌았지만, 그가 가져온 것이라곤 이 바구니뿐이었다.

다른 사람은 이웃 조이카였는데 좀 멍청한 이탈리아 여자로, 이 이상한 환경에서 러시아어를 배워보겠다고 이 집으로 이사 온 참이었다. 그녀는 늘 누군가에게 화가 나 있었지만, 잔뜩 뒤엉킨 그녀의 분노를 누구도 눈치채지 못했기 때문에 모두를 관대하게 용서하게 되는 것이었다.

이리나 피어슨은 전직 서커스 곡예사이자 수임료 높은 현직 변호사로 예술적인 비키니 라인 제모와 완전히 새로 만든 가슴으로 빛이 났는데, 주저함이 없는 미국인 외과 의사가 만든 이 작품은 옛날 것보다 나쁘지 않아 보였다. 딸 마이카는 별명이 티셔츠로[1] 열다섯 살인데, 다소 뚱뚱한

---

1) 러시아어 마이카는 그 자체로 티셔츠라는 뜻

편에 안경을 썼고 이들 가운데 유일하게 옷을 입고 한쪽 구석에서 쭈그리고 앉아있었다. 두꺼운 버뮤다 팬츠를 입었고, 물론 티셔츠도 입고 있었다. 티셔츠에는 전구가 그려져 있었고 그 위에 정확히 어느 나라 말인지 모르겠지만 반짝이 손글씨로 다음과 같이 쓰여 있었다. 〈PIZDEЦ〉[2] 이건 알릭이 작년 생일에 그녀에게 써준 것인데, 그땐 그가 그럭저럭 손을 쓸 수 있을 때였다.

알릭 자신은 넓은 소파 베드에 누워 있었다. 너무 작고 또 너무 어려서 마치 자기 아들 같았다. 그러나 그와 니나 사이엔 아이가 없었다. 그리고 앞으로 갖기에도 이미 늦은 것이 확실했다. 알릭이 죽어가고 있었기 때문이다. 천천히 진행된 마비가 그의 마지막 남은 근육까지 다 삼켜버렸다. 그의 손과 발은 온순하고 기력 없이 늘어져 있었는데, 만져보면 산 것도 죽은 것도 아닌 채로, 마치 얼어붙은 석고붕대처럼 어딘지 모를 중간지대에 있는 듯 느껴질 정도였다. 정작 그에게서 가장 살아있는 건 붉고 생기 있는, 흡사 브러쉬를 얼굴에 붙여놓은 듯 숱이 많은 머리카락과, 야윈 그의 얼굴에 비해 너무 커 보이는 덥수룩한 콧수염이었다.

그가 집에 온 지도 벌써 이 주가 되었다. 그는 병원에서 죽고 싶지 않다고 의사들에게 말했었다. 다른 이유도 있

---

2) 빌어먹을! (영어의 fucking에 해당.)

었지만, 속사정은 그들이 알지 못했고 또 굳이 알 필요도 없는 거였다. 마치 간이식당처럼 돌아가는 이 초고속 병원에서는 의사들이 환자 얼굴도 제대로 볼 새 없이 입안이나 엉덩이, 기타 환부만 겨우 들여다볼 수 있을 뿐이었지만, 하나같이 그를 사랑했다.

그들이 사는 집은 그저 지나다니는 안마당 같은 곳이었다. 아침부터 밤까지 사람들로 붐볐는데 밤에도 누군가는 꼭 남아있었다. 파티라면 몰라도 정상적인 삶을 살기는 불가능한 장소였다. 다락 창고를 개조한 곳으로, 합판 칸막이로 끝 쪽을 막아 작은 부엌, 화장실과 샤워실, 손톱만 한 창문을 낸 침실을 구분했다. 조명이 두 개 달린 커다란 작업실도 있었다.

한쪽 구석의 카펫 위에서 늦게까지 남게 된 손님들이나 어쩌다 우연히 오게 된 사람들이 자고 가곤 했다. 어떤 땐 다섯 명이 거기서 자기도 했다. 현관문은 따로 없었고 화물 엘리베이터에서 곧장 입구로 이어졌다. 알릭이 여기 들어오기 전엔 이 엘리베이터로 담배 더미를 올려왔었기 때문인지, 지금까지도 여기엔 그 흔적이 떠돌았다. 최소 이십 년 전쯤 처음 여기로 들어온 알릭은 계약서 따위 쳐다보지도 않고 그냥 서명했는데 이는 나중에 그에게 놀랍도록 이롭게 작용했다. 지금까지도 알릭은 거의 공짜로 사는 것이나 다름없었다. 누군가 다른 사람이 집세를 내주긴 했지만. 그가 빈털터리로 산 지는 벌써 오래다.

엘리베이터가 철커덕거렸다. 평범한 푸른 작업복 셔츠를 벗으면서 피마 그루버가 탔다. 거의 벗다시피 한 여자들은 그에게 눈길을 주지 않았고, 그도 신경쓰지 않기는 마찬가지였다. 그는 낡은 왕진 가방을 들고 있었는데 하리코프(하르키우)에서 가져온 조부의 것이었다. 피마는 삼 대째 의사였고 폭넓게 교육 받았으며 뛰어난 면도 없지 않았지만, 그에 비해 일이 썩 잘 풀리지는 않았다. 아직 이 나라에서 치르는 시험을 통과하지 못해서 고급 사립 병원의 무슨 연구원 자격인가로 오 년째 임시로 일하고 있었다. 그는 행운이 찾아오길 기대하는 마음과 더불어 알릭에게 어떻게든 도움이 되기를 바라는 마음에서 매일 알릭에게 들렀다. 그는 알릭 위로 몸을 구부렸다.

"어르신, 좀 어떠세요?"

"아, 자네... 시간표는 가져왔어?"

"무슨 시간표요?" 피마는 놀라며 물었다.

"증기선 시간 말야..." 알릭은 힘없이 웃으며 말했다.

'결국 끝인가? 의식이 왔다갔다하는구나.' 피마는 생각에 잠겼다. 그는 부엌으로 가 냉동칸에서 얼음통을 찾으려고 냉장고를 뒤적거렸다.

'멍청한 것들, 이렇게 멍청할 수가. 다들 꼴도 보기 싫어.' 소녀는 생각했다. 그녀는 최근에 그리스 신화를 좀 들여다봤는데 그에 비추어 추측해볼 수 있는 유일한 것은 알릭이 최소한 사우스 페리를 말하고 있는 건 아니라는 정도였다. 악에 받치고 오만한 얼굴로 그녀는 창가로 다가가 블라인드 끝을 약간 들어 올리고는 아래를 바라보기 시작했다. 거기서는 언제나 무슨 일인가 벌어지곤 했다.

알릭은 그녀가 말을 섞을 만하다고 여긴 최초의 어른이었다. 많은 미국 아이들이 그렇듯이 그녀도 어릴 때부터 이 상담사에서 저 상담사에게로 끌려다녔는데, 그래봤자 거기엔 별다른 이유도 없었다. 그녀는 오직 아이들과만 얘기했는데 엄마라고 예외를 둘 리 만무했으니, 나머지 어른들이야 그녀에겐 아예 존재하지 않는 것이나 다름없었다. 학교 선생들은 정확하고 간결하게 작성된 그녀의 작문 숙제를 받아볼 수 있었다. 그들은 그녀에게 최고점을 주면서 영문을 몰라 어깨를 으쓱했다. 상담사들과 심리분석가들은 그녀의 이상한 행동을 해명하기 위해 복잡하고도 터무니없는 가설을 세웠다. 그들은 표준을 벗어난 아이들을 사랑했다. 그들의 밥줄이었으니.

티셔츠가 알릭을 처음 본 건 그의 전시회 개막식 때였는데, 엄마가 호락호락하지 않은 딸을 겨우 끌고 온 거였다.

그들은 그때 캘리포니아에서 뉴욕으로 막 이사한 터라 친구가 없었으므로 티셔츠는 마지못해 엄마와 함께 가겠다고 한 참이었다. 엄마는 모스크바에서 어린 시절 서커스 생활을 하던 때부터 알릭을 알았지만, 미국에 와서는 수년간 서로 만나지 않고 있었다. 다시 만나면 그에게 뭐라 말할까, 이런 생각조차 전혀 하지 않을 정도로 이리나에게는 오랜 시간이었다. 그들이 개막식에서 만났던 그날, 그는 살쪄서 꼭 닭처럼 보이는 독수리가 새겨진 그녀의 재킷 단추를 왼손으로 잡아 날카롭게 돌려 뜯어낸 다음, 위로 휙 던졌다가 다시 잡았다. 그 후 손바닥을 펴서 빛나는 독수리를 똑바로 바라보았다.

"당신한테 할 얘기가 있어."

그의 오른팔은 마치 죽은 듯 몸에 매달려 있었다. 천연 진주로 가장자리를 장식한 검은 실크 리본이 한올 한올 잘 빗어 넘긴 이리나의 풍성한 금발을 고정하고 있었다. 알릭은 이리나의 머리를 왼팔로 움켜쥐고는 그녀의 귀에 대고 속삭였다.

"이르카,[3] 나 죽어가."

그래, 죽어간다 이거지. 나한테 당신은 이미 오래전에 죽었어...하지만 그녀는 좁고 가는 금속성 칼날이 위장을

---

3) 이리나의 애칭

찌르고 또 천천히 안쪽으로 이동해서 척추까지 온통 쪼개는 날카로운 통증을 느꼈다. 옆에 딸이 서서 그녀를 지켜보고 있었다.

"나 사는 데로 가자." 알릭이 말했다.

"나 딸이랑 왔잖아. 모르겠어, 그 애가 간다고 할지." 이리나가 티셔츠를 보며 말했다.

딸이 그녀와 다니지 않게 된 지 오래되었다. 이 전시회에도 겨우 설득해 데리고 왔으니까. 그녀는 딸이 당연히 거절하리라 생각하면서 물었다.

"엄마 아는 화가 작업실에 한번 가볼래?"

"저 빨간 머리 남자네 말이야? 어, 갈래."

그렇게 그들은 가게 되었다. 그의 그림들은, 그리 오래전은 아니지만, 예전 그림들을 떠올리게 했다. 며칠 뒤 그들은 다시 한번 거기에 갔는데 우연히 근처를 지나가다 그렇게 됐다. 이리나에게 급한 미팅 요청이 있어서 세 시간쯤 알릭의 작업실에 티셔츠를 놔두고 갔던 것인데, 그녀는 돌아와서 믿을 수 없는 광경을 마주하게 되었다. 그들은 마치 잔뜩 화난 두 마리 새처럼 서로에게 소리치고 있었다. 알릭은 앉았다 일어났다 길길이 날뛰었는데, 그때마다 왼팔은 휘둘렀으나 오른팔은 이미 쪼그라들어서 거의 제 기능을 하지 못했다.

"비대칭이야말로 핵심이라는 걸 왜 이해하지 못하는 거냐? 중요한 건 그거라고! 대칭은 곧 죽음이라고! 완전한 정지지! 단락(短絡)[4]이라고!"

"나한테 소리치지 말아요!" 주근깨로 얼굴이 뻘겋게 된 마이카가 외쳤다. 보통 때보다 미국식 억양도 한층 심해졌다. "내가 그게 좋다면 어쩔 건데요? 그냥 그게 좋다고요! 왜 당신들만 늘, 늘 옳다고 하는 건데요?"

알릭이 손을 툭 떨어뜨렸다.

"어, 그게 말이지..."

이르카는 엘리베이터 옆에서 기절해 쓰러질 뻔했다. 다섯 살 때부터 딸아이를 괴롭혀 온 그 이상한 자폐 행태를 알릭은 자신도 모르는 사이 순식간에 부숴버렸다. 오랜 악의 불꽃이 그녀 안에서 불타올랐으나 곧 사그라들었다. 마이카를 정신과 의사들에게 데려가느니 사람들과 사귈 수 있게 해주었어야 하는 게 아니었나. 그 애에겐 사실 그게 턱없이 부족했다.

---

4) 전기 회로의 두 점 사이를 저항(抵抗)이 작은 도선으로 접촉함.

02

다시 엘리베이터가 철커덕거렸다. 닌카는⁵⁾ 출입구 문
간에서 새 방문객을 보고는 그녀를 맞이하려고 검은 나이
트가운을 여미며 달려 나갔다.

키가 작고 보기 드물게 살찐 노파가 무릎 사이에 불룩
한 장바구니를 세워놓고는 숨을 헐떡이며 낮은 안락의자에
앉아있었다. 그녀는 산딸기 색 얼굴로 김을 잔뜩 뿜어냈고,
두 뺨은 마치 사모바르⁶⁾처럼 번쩍거렸다.

"마리아 이그나티예브나! 사흘째 꼬박 기다렸다고요!"

이 대륙에서 좀처럼 보기 힘든 덧신 신은 장밋빛 두 발

---

5) 니나의 애칭

6) 스스로 끓는다는 뜻으로 러시아에서 물을 끓이는 용도로 사용하는 주전자이다. 내부
   는 철, 외부는 주석이나 구리 또는 은으로 되어있다. 원래는 숯이나 장작, 석탄 등을
   연료로 사용했으나 최근에는 대부분 전기나 가스를 사용한다.

을 넓게 벌린 채로 노파는 좌석 끄트머리에 앉아있었다.

"니노치카,[7] 당신을 잊은 게 아니라우. 나야 내내 알릭
의 일을 하지. 엊저녁 여섯 시부턴가 그걸 붙들고 있었는
데..." 그녀는 영양실조로 손톱이 푸르스름해진, 삼각형으
로 구부러진 손가락들을 니나의 얼굴에 들이밀었다.

"내 얼마나 긴장했는지 상상도 못할거유. 혈압이 높아
서 겨우 걷는다니까. 빌어먹을 더위 같으니라구... 그건 그
렇고, 마지막 거 여기 가져왔수."

그녀는 천 가방에서 끈적한 액체가 든 어두운 빛깔의
병 세 개를 꺼내놓았다.

"여기, 새로 만든 거라우, 마사지용도 있고 마시는 것
도 있어요. 이건 발에다 하는 것이고. 작은 보드카 한 잔 정
도의 양을 천에다 적셔서 발에 놓고 위를 비닐봉지로 덮어
씌워 묶으면 된다우. 두 시간쯤 놔두고. 피부가 벗겨져 나
와도 신경 쓸 것 없어요. 벗겨내고 싹 씻어내면 되니까."

니나는 기도하는 마음으로 이 봉제 인형같이 빵빵하
게 부어오른 인간을, 그리고 그녀의 물약을 바라보았다. 다
른 병들보다 좀 작은 병 하나를 집어 들고 뺨에 대고 눌렀
다. 시원했다. 병들을 침실로 옮겼다. 블라인드를 내리고
병들을 좁은 창턱에 세워놓았다. 그 밑은 이미 라디에이터

---

7) 니나의 애칭

로 꽉 찼다.

　마리아 이그나티예브나는 찻주전자를 잡았다. 그녀는 이런 더위에서도 차를 마실 수 있는, 미국식 아이스티가 아니라 설탕과 과일잼을 곁들인 뜨거운 러시아식 차를 마실 수 있는 유일한 사람이었다.

　금발 염색물이 다 **빠져버려** 밑에 숨어있던 은발이 드러나는 긴 머리카락을 흔들며 닌카가 알릭의 발에 압박봉대를 감아올리고, 스코틀랜드와는 아무 상관도 없고 체크무늬조차 없는 가짜 경량 스코틀랜드식 침대 시트로 그를 감싸는 동안, 마리아 이그나티예브나는 피마와 얘기를 나누고 있었다. 그는 그녀의 방법이 가져올 효과에 관심을 보였다. 그녀는 관대한 경멸의 눈초리로 그를 바라보았다.

　"에핌 이사키예비치! 피모치카!⁸⁾ 효과라니요! 대지의 향이 느껴지지 않수? 하지만 그보다 모든 건 하느님 손에 달렸다는 것, 난 그걸 말하는 거라우. 그런 경우를 본 적 있수. 누군가 죽어가요. 거의 죽은 거나 다름없다우. 그런데 그를 죽게 내버려 두지 않는 거유. 이 약초엔 그런 힘이 있는 거라우. 이건 바위를 뚫고 자라지. 제일 윗부분, 뿌리부터 캐내더라도 나는 언제나 제일 윗부분을 가져온다우. 어떤 땐, 완전히 땅에 고꾸라진 사람이 있었는데 글쎄 벌떡 일

---

8) 피마의 애칭

어나지 뭐유. 피마, 하느님을 믿어야 해요. 하느님 없이는 약초도 자라지 않는다우."

"맞는 말씀이세요." 피마는 살짝 동의하면서 젊은 날 호르몬 전쟁으로 쐐기 모양 패인 흔적이 가득한 왼뺨을 비볐다.

행주같이 부드러운 얼굴을 한 이 뚱뚱한 여자가 애매하고 비밀스럽게 알려준, 식물의 양성 주광성(走光性)[9]에 대해서라면, 식물학 수업 오 년 차에 이미 알고 있었지만, 전문가로서 그는 이것 또한 확실히 알고 있었다. 빌어먹을 알릭의 병은 전혀 희망이 없다. 마지막으로 기능하고 있는 횡경막 근육이 이미 멈춰 서고 있었고 가까운 시일 내에 질식사에 이르게 될 터였다. 이런 경우 제기되는 미국적인 문제가 '언제 장치를 멈출까' 하는 것일 텐데, 알릭은 이 문제를 일찌감치 해결했다. 그는 마지막 순간에 이르기 전 병원을 나왔고 인공적 삶의 시혜적 연장 또한 거부했다.

어떤 생각이 피마를 짓눌렀다. 질식의 고통을 덜기 위해 알릭에게 진정제를 주어야 할 순간이 올 텐데, 이는 호흡계 압박이라는 부작용으로 이어져 결국 그가 죽게 되리라는 것. 그러나 할 수 있는 일은 없었다. 이미 두 번이나 그

---

9) 빛의 자극에 대한 생물의 주성(走性. 식물이 태양을 향하거나, 벌레가 등불에 모이는 성질 따위)

렇게 했지만, 구급차를 불러 알릭을 병원에 실어가는 것도 이젠 불가능하게 되었다. 또 위조 서류를 뒤지는 것도 골치 아프고 위험하고.

"행운을 빕니다." 피마는 부드럽게 말하고는 저 소문 난 왕진 가방을 들고 별다른 작별 인사 없이 자리를 떴다.

'뭐 언짢은 일이라도 있나?' 마리아 이그나티예브나는 속으로 생각했다.

그녀는 여기 생활을 잘 이해하지 못했다. 일 년 전, 아픈 친척이 불러서 벨라루스에서 왔는데, 여기로 오는 동안 아직 서류 처리가 진행되는 중에 치료해야 할 환자는 이미 가고 없었다. 그러니, 기적의 약초를 몰래 가지고 대양을 건너온 것도 다 소용없게 된 것이었다. 그래도 완전히 허사는 아닌 것이, 여기도 그녀의 기술에 관심 있는 사람들이 있어서 그녀는 무허가 불법 행위를 거리낌없이 했다. 모든 것이 놀라울 따름이었다. 여기선 일이 도대체 어떻게 돌아가는 거유? 나는 말하자면 치료하는 거유. 저쪽 세상에서 가져온 것으로 말이지. 내가 뭘 두려워해야 하는 거유? 그녀에게 허가라든가 세금에 대하여 설명하는 것은 불가능했다. 맨해튼의 작은 정교회 성당에서 그녀를 알게 되었을 때, 닌카는 그녀야말로 알릭을 위해 하느님이 보내주신 치료자라고 믿었다. 알릭이 병들기 몇 년 전에 닌카는 정교로 개종했는데 이것은 그녀의 미신 숭배에 큰 타격을 가져왔다. 취미로 즐기던 타로 카드도 죄악시되니 조이카에게 줘 버렸다.

마리아 이그나티예브나는 손짓으로 닌카를 불렀다. 닌카는 부엌으로 달려가서 컵에 오렌지 주스를 따르고 보드카도 따른 다음 동그란 얼음을 한 움큼 던져 넣었다. 그녀는 벌써 오래전부터 여기 식으로 마셨다. 약하게, 달짝지근하게, 쉬지 않고. 그녀는 막대기로 젓고는 삼켰다. 마리아 이그나티예브나도 차가 담긴 찻잔을 숟가락으로 저은 다음 숟가락을 식탁에 내려놓았다.

"들어봐요. 해줄 얘기가 있수." 그녀가 단호하게 말했다. "그에게 세례를 받게 해야 한다우. 그것뿐이우. 달리 방법이 없다우."

"마리아 이그나티예브나, 그가 원치 않아요, 원치 않는다고요. 내가 몇 번을 말해요?" 닌카가 펄쩍 뛰었다.

"소리치지 말우." 마리아 이그나티예브나는 눈썹 없는 얼굴을 찡그렸다. "나 떠나우. 이 종이가 오래전에 이미 끝났다우." 그녀는 기한이 지나버린 비자를 말하는 거였는데, 외국어는 단어 하나도 기억하지 못했다. "종이가 끝이고. 나 떠난다구요. 표도 이미 구멍 뚫었고.[10] 그 사람 세례

---

10) 검표 행위를 가리킴

받게 하지 못하면, 나 그 사람 포기할 거라우. 하지만 세례 받게 하면, 나 계속 일할 거유. 거기서든 어떻게든. 아니면 방법이 없수." 그녀는 극적으로 두 팔을 위로 치켜들었다.

"할 수 있는 게 없어요. 그가 원치 않는걸요. 웃어요. 그리곤 말하죠. 그래, 너희 하느님한테 무소속인 나 데려가시라 해." 니나는 허약한 작은 머리를 떨구었다.

마리아 이그나티예브나는 눈을 크게 떴다.

"지금 뭐랬어요? 당신은 지금 숲에서처럼 여기서 살고 있잖우. 주 하느님께서 뭣 때문에 당파를 따진답디까?"

닌카는 손을 내저으며 계속 마셔댔다. 마리아 이그나티예브나도 차를 더 따랐다.

"닌카, 참 딱하구려. 하느님께는 거처가 많다우. 난 좋은 사람들을 가지각색 만나봤어요. 유대인도 있고 다양하다우. 하느님은 그 누구에게도 다 준비되어 계시다우. 살해당한 우리 콘스탄틴도 세례받고 결국 모두가 가게 될 그곳에서 나를 기다리고 있다우. 나는 당연히 성녀가 아니우. 그 사람하고 고작 이 년 같이 살았다우. 스물한 살에 과부가 되었고, 내 말은 못해도 지은 죄가 많우. 하지만 다른 남편은 없었다우. 그도 거기서 날 기다리고 있을 거라우. 내가 걱정하는 게 뭔지 알우? 당신네가 거기서도 함께 있지 못할 거라는 거라우. 세례를 받게 해요. 의식이 없는 상태에서라도..." 마리아 이그나티예브나는 타이르듯 말했다.

"의식이 없는 상태에서라뇨?" 니나가 되물었다.

"여기 사람 많은데 말고 저쪽으로 좀 갑시다." 마리아 이그나티예브나는 의미심장하게 쉿 소리를 냈다. 알릭 주변엔 사람들이 많이 모여 있었지만, 부엌에는 아무도 없었는데 그녀는 니나를 화장실에 밀어넣고는 자신은 분홍 뚜껑이 달린 변기 위에 앉고 니나는 빨랫감이 든 플라스틱 상자 위에 앉혔다. 이 부적절한 장소에서 닌카는 모든 필수 지시사항을 전달받았다.

곧 나무 같은 얼굴에 지푸라기처럼 엉키고 빛바랜 철사같은 머리카락을 지닌, 호두까기 인형처럼 단단한 파이카가 도착했다. 그녀는 여기 온 지 얼마 되지 않았어도 적응이 빨랐다.

"카메라 하나 샀어요." 파이카가 문간에서 알렸다. 그녀는 알릭에게 다가가 움직임 없는 알릭의 머리 위로 새 카메라 상자를 흔들었다. "폴라로이드예요. 리버시블 필름이고요. 이제 사진 찍어요."

그녀는 이 나라에서 아직 시도해보지 못한 것이 많았다. 그래서 다 사보고 다 먹어보고 다 평가해보고 어떤 이유에서든 의견을 가지려고 안달이었다.

발렌티나는 알릭을 덮은 침대 시트를 펄럭거리며 부

채질했다. 하지만 그는 여기 있는 사람 중 유일하게 더위를 느끼지 않는 사람이었다. 발렌티나는 알렉의 등 뒤로 기어가서 시트를 들치고는 침대 머리맡에 기대어 앉았다. 그를 위로 더 잡아당겨서 그의 짙은 붉은색 머리가 그녀의 태양신경총에 닿게 했다. 돌아가신 할머니 표현에 의하면 '영혼'이 거처로 삼는다는 곳. 아직 목도 가누지 못하는 아기처럼 무력하게 그녀의 가슴 아랫부분을 누르고 있는 알릭에 대한, 가엾은 그의 머리에 대한 연민으로 발렌티나의 눈에는 갑자기 눈물이 고였다. 그들의 오랜 로맨스 기간을 통틀어 그녀가 이렇게 날카롭고 생생한 감정을 느껴본 적은 없었다. 그를 두 팔에 안고, 더 나아가 자기 몸 깊숙이 그를 숨기고, 그의 손발을 이미 눈에 띄게 건드리기 시작한 빌어먹을 죽음으로부터 숨기는 지금 이 순간만큼.

"자, 주변으로 다들 모입시다. 닭이 벌써 한참 전에 울었어요." 이마에 맺힌 땀과 뺨에 흐르는 눈물을 손바닥으로 닦으며 발렌티나가 미소를 머금은 입술로 소리쳤다. 알릭 어깨에는 빨간 포장에 담긴 그녀의 유명한 가슴이 걸쳐졌고, 알릭 다리를 무릎에서 구부려 어깨로 받치면서 침대 옆구리에는 조이카가 앉았다. 반대편에는 사진상의 대칭을 위해 티셔츠가 앉았다.

파이카는 뷰파인더를 찾지 못해서 카메라를 오랫동안

빙빙 돌리다가 그를 보고는 호통을 쳤다.

"와우, 알릭. 당신 거기 성났어요. 얼른 덮어요."

사실 앞으로 튀어나와 있는 건 소변통이었다.

"이 아름다운 걸 왜 가리라는 거야!" 발렌티나가 반대했고, 알릭은 입 끝을 움직였다.

"이 아름다움이 별 쓸모가 없네." 그가 말했다.

"파이카, 잠깐 기다려 봐." 발렌티나는 이렇게 말하고는 니나가 혼수로 해온 큰 러시아 베개 두 개를 알릭의 등 밑으로 대주고 바로 침대 발치로 가서 그 위로 연결관이 부착된 부드러운 부분에서 분홍색 반창고를 벗겨냈다.

"좀 쉬게 놔둬요. 맘대로 좀 달리게..."

알릭은 농담이라면 다 좋아했는데, 삼류 농담에도 웃었다. 발렌티나는 숙련된 손으로 모든 걸 재빨리 해냈다. 손은 할 일을 이미 다 알고 있고 아무것도 가르칠 필요가 없는, 타고난 간호사인 그런 여자들이 있다.

티셔츠는 더는 참지 못하고 방에서 나왔다. 작년에만 해도 그녀는 이미 다 해봤다. 처음엔 제프리 레쉰스키와, 다음엔 톰 케인과. 그리고 내리게 된 결론은 어떤 섹스도 필요치 않다는 것이었는데, 웬일인지 발렌티나의 소변줄을 다루는 습관이 그녀를 확 잡아끌었다. 발렌티나가 손으로 거기를 잡았던 것하며... 왜 그 사람들은 모두 그에게 달라

붙어서는...

　샤워 꼭지가 마침 비었다. 그녀는 반바지를 벗었다. 천 너머로 네모난 상자가 느껴졌다. 떨어뜨리지 않게 조심스럽게 잘 감쌌다. 설명서는 외울 정도로 숙지했다. 오늘 밤 그녀는 알릭 옆에서 보냈다. 밤 내내는 아니지만 몇 시간은 그랬다. 닌카는 뻗어서 작업실에서 잠들었고 알릭은 자지 않았다. 그가 그녀에게 부탁하면 그녀는 그가 원하는 대로 모두 해주었고, 지금 이 상자는 그녀야말로 그의 가장 가까운 사람이라는 증거였다.

　극심한 더위에 수도관이 뜨겁게 달궈져서 물도 시원하지 않았고 수건도 죄다 축축했다. 그녀는 어떻게든 물을 닦아내고 습기 찬 몸에 옷을 걸친 다음 아파트를 빠져나왔다. 그녀는 그들과 함께 사진을 찍고 싶지 않았다. 그게 그녀가 느낀 거였다.

　그녀는 허드슨강 쪽으로 갔다가 증기선 쪽으로 방향을 돌렸고 유일하게 정상적인 어른 사람에 대해 생각했다. 이 수많은 멍청이들, 태어나는 순간부터 그녀를 둘러싸고 있던 러시아인, 유대인, 미국인 멍청이들 사이에 그녀를 또다시 혼자 두려고 마치 그녀에 대한 악의를 가지고 죽으려는 것 같은 그 사람에 대해.

03

알릭의 시력에 무슨 일인가 생겼다. 소실되는 동시에 예리해졌다. 모든 게 약간 확대되었고 밀도가 변했다. 친구들의 얼굴에 갑자기 유동성이 생겨 뭔가 흐르는 물체가 되었으나, 이 흐름은 다소 기분 좋은 일이었고 물체 간의 관계를 새롭게 드러내기도 했다. 방구석 양쪽은 똑같이 생긴 낡은 스키들에 의해 잘려져 있었는데, 거기서부터 더러워진 흰 벽이 사방으로 힘차게 흩어졌다. 가부좌를 틀고 바닥에 앉아 뒷머리를 불안정한 벽에 기댄 여자 형상이 벽의 이런 파동을 저지했다. 이 광경에서 가장 안정적인 부분은 바로 여자의 머리와 벽이 만나는 지점이었다.

누군가 블라인드를 걷어올렸고, 병에 든 검고 끈적한 물질 위로 빛이 쏟아져서 초록빛, 어두운 금빛으로 불을 밝혔다. 액체는 각각 다른 양으로 담겨 있었는데, 이 유리병 실로폰에서 그는 문득 젊은 날의 꿈을 떠올렸다. 그 시절 그는 병이 있는 정물화를 많이 그렸다. 수천 병은 될 터였다. 아마 마신 병 숫자보다도 많을지 모른다. 아니다, 그래도 마신 게 더 많지. 그는 미소를 짓고 눈을 감았다.

그러나 병들은 어디로도 사라지지 않았다. 빛바래고 불안정한 기둥들로 그 병들은 눈꺼풀 이면에 서 있었다. 그는 이게 중요하다는 걸 알고 있었다. 이런 생각이 느슨한 먹구름처럼 천천히 거대하게 포복했다. 이 병들은 병으로 된 리듬이다. 결국, 음악 소리가 났다. 스크랴빈의 가벼운 음악은, 숙고 끝에 알게 됐듯, 완전 헛소리, 쓰레기 기계음이었다. 그는 그길로 광학과 음향학을 공부하기 시작했다. 하지만 이 정도 열쇠로는 아무것도 열리지 않았다. 그의 정물화들은 나쁘지 않았지만 절대적이진 않았다. 게다가 그때 그는 모란디도 알지 못했다.

이 정물화들은 바람이 날려버렸는지 지금은 전혀 남지 않았다. 혹 페테르부르크 어디, 또는 모스크바의 당시 친구들한테나 카잔체프네 보관되어있을지도 모르지. 맙소사, 그때 엄청나게들 마셔댔지. 병을 모아서는 평범한 것들은 빈 병으로 팔았고, 외국 병이나 색유리로 된 오래된 병은 보관했다.

그때 지붕 끝, 주석으로 덧댄 부분에 놓여 있던 병들은 어두운 색유리의 체코 맥주병이었다. 누가 거기다 세워 놓은 건지는 아무도 기억하지 못했다. 카잔체프네 부엌에 있는 낮은 문은 천장 다락으로 이어졌고, 다락 창문은 지붕을 향하고 있었다. 이 창문에서 이르카[11]가 지붕 위로 뛰어올랐다. 특별할 건 없었다. 지붕 위에서 끝없이 뛰어다니고 춤추고 일광욕했다. 그녀는 엉덩이로 경사면을 타고 아래로 미끄러져 내려갔는데, 일어나보면 흰 바지 위로 엉덩이 부분에 시커먼 얼룩 두 개가 선명하게 보였다. 그녀는 곧장 지붕 제일 끝에 섰다. 기적처럼 발이 빠른 여자였다. 하느님은 첫사랑을 위해 서로를 서로에게 보냈고, 그들은 진실하고 거짓이 없었다. 하늘의 종이 울리기 전까지는.

대를 이은 서커스 단원인 엄한 할아버지가 이르카가 알릭과 페테르부르크로 이틀간 내빼서 리허설을 빼먹었다고 그녀를 서커스단에서 쫓아냈을 때, 그들은 거기, 카잔체프네 다락으로 들어가 이후 석 달을 살았다. 서로를 향해 자라나는 감정의 무게 아래 굴복하던 때였다. 이름난 청소년 소설 작가가 손님으로 찾아왔다. 성인이니 보드카 두 병을 들고서 말이다. 그는 꽤 괜찮았다. 이르카는 어깨를 들먹이며 곁눈질했고, 평소보다 다소 낮은 음성으로 무언가 말했다.

---

11) 이리나의 애칭

"너 지금 들이대는 거야? 재수 없어. 맘에 들어? 해봐 어디." 알릭은 그녀에게 속삭였다.

그녀는 그가 진짜 마음에 들었다.

"아니야, 그런 의미가 아니라고. 뭐 약간 그런지도 모르겠지만." 그녀가 알릭에게 말했다.

그 순간 그의 말에 담긴 잔혹한 진실에 화가 치밀어 그녀는 창문으로 뛰어나갔고 지붕 끝을 엉덩이로 타고 내려가 병들 옆에 꼿꼿이 선 다음 쪼그리고 앉았다. 알릭을 제외하고는 아무도 그녀 쪽을 쳐다보지 않았는데, 그녀는 가장자리에 있는 병들의 병목을 손가락으로 움켜쥐고 그 병을 지지대 삼았다. 그녀의 뾰족한 구두코가 라일락 하늘을 배경으로 얼어붙었다. 창 쪽을 바라보고 앉았던 사람이 손으로 받치고 거꾸로 서 있는 이르카를 보고는 입을 다물었다.

아무것도 눈치채지 못한 작가는 도둑맞은 장군의 외투 얘기를 늘어놓으면서 킬킬대고 웃었다.

알릭은 창 쪽으로 한 걸음 나아갔다. 이르카는 이미 병을 옮겨가며 손으로 걷고 있었다. 그녀는 두 손으로 병목을 감싸 안았다가 한 손을 떼고 다른 병을 더듬거리며 찾다가 잡고는 경직된 몸의 무게를 병 쪽으로 옮겼다. 작가는 목소리를 낮추다 말을 끊었다. 등 뒤에서 무슨 일인가 벌어지고 있다는 걸 느낀 것이다. 그는 주위를 돌아보았고 살찐 두

뺨을 움찔했다. 그는 높이를 견딜 수 없었다. 그 건물은 겨우 한 층 반에 오 미터 높이였지만, 산수보다 강한 것이 생리학이었다.

알릭의 손이 젖어왔고 땀이 등줄기를 타고 흘렀다. 집주인 넬카 카잔체바와 다른 정신 나간 여자가 나무 계단 아래서 벌벌 떨다가 거리로 뛰쳐나갔다. 두려움에 딱딱하게 굳은 하늘을 천천히 구두코로 긁어 상처 내며, 이르카는 마지막 병까지 가서 짚고 영리하게 발을 접어감은 다음 지붕 위에 앉았고 얇은 수도관을 따라 아래로 미끄러져 내려왔다. 넬카는 이미 아래 서서 소리쳤다.

"달려! 빨리 달려!"

그녀는 알릭의 표정을 보았고, 재빨리 반응했다. 이르카는 크로포트킨역 쪽으로 달려갔지만, 이미 늦었다. 알릭은 그녀의 머리채를 움켜쥐고는 뺨을 후려갈겼다.

이후로도 이 년을 그들은 더 버텼는데, 단지 어떻게 헤어져야 할지 몰라서였다. 그러나 이 따귀로 인해 가장 좋았던 모든 것은 끝나버렸다. 용서할 수도, 사랑을 접을 수도 없어서, 결국 그들은 헤어졌다. 그들의 오만함은 진저리칠 정도였다. 그날 밤 그녀는 그 작가와 함께 떠났다. 그러나 알릭은 그때 눈썹 하나 꿈쩍하지 않았다.

먼저 선을 그은 건 이르카였다. 전에 경쟁 관계에 있던

공중곡예단에 들어간 일로 조부는 그녀를 저주했고, 그녀
는 여름 내내 대형 천막을 가지고 대규모 순회공연을 떠났
다. 알릭은 그때 첫 번째 이주를 시도했다. 페테르부르크로
이사한 것이다.

알릭은 눈을 떴다. 아직도 아파나시예프스키 거리 낡
은 주택의 달궈진 지붕을 타고 오는 더위가 느껴졌고, 근
육이 마치 카잔체프네 집 나무 계단을 따라 내려오던 폭
풍 같은 질주에 반응하는 듯했는데, 꿈속에서 그의 회상
은 기억 그 자체보다 더욱 풍성해졌다. 오래전 흩어져버
린 것 같았던 세부 사항을 확인할 수 있었기 때문이다. 집
주인이 차를 담아 마시던 카를 마르크스의 초상화가 그려
진 금 간 찻잔, 이리나 손 위에 있던, 곧 잃어버리게 될 짙
은 푸른색 에나멜 세팅의 죽은 녹색 터키석 반지, 카잔체
프의 열 살짜리 아들의 거무스름한 머리에 있던 순백의
머리 타래...

태양은 이미 뉴저지 너머로 저물었고, 빛이 창문
을 통해 알릭에게로 바로 꽂히자 그는 인상을 찌푸렸
다. 조이카는 알릭 옆으로 침대 위에 앉아 그의 요청대
로『신곡』을 이탈리아어로 읽어주었고 각 연을 한참 서
툴게 영어로 바꿔 이야기했다. 알릭은 자신이 이탈리아
어를 제법 잘 안다는 걸 그녀에게 밝히지 않았다. 그는

언젠가 일 년쯤 로마에 살았는데, 유쾌하게 잔을 짤랑 짤랑 부딪치는 이 언어는 점토에 난 손자국처럼, 어렵지 않게 그의 뇌리에 박혔다. 그러나 이제는 그의 재능이 어떤 의미도 갖지 못했다. 끈기 있는 기억력도 예민하게 음악을 듣는 귀도, 예술가적 재능도. 그는 이 모든 것을 다 가지고 떠나버릴 터였다. 우스꽝스럽게 요들송 부르는 솜씨도 일급 당구 실력도 함께.

발렌티나는 그의 텅 빈 다리를 마사지했다. 그녀에겐 이 근육마다 적잖은 삶이 붙어있는 듯 보였다.

그가 꿈의 망각 속에 있는 동안 아르카샤 리빈이 새 에어컨과 새 여자친구라 할 수 있을 나타샤와 함께 도착했다. 리빈은 특정 유형의 못생긴 여자들을 좋아했다. 이마는 넓고 입은 작고 몸은 호리호리한 여자들.

"리빈은 완벽을 추구해." 얼마 전 알릭이 농담했다. "찻숟가락이 나타샤 입으로 겨우 기어 들어가네. 다음엔 파스타를 떠먹여 줄 테고 말이야."

리빈은 오늘 고장난 에어컨을 떼어내고 새 에어컨을 설치하려고 했는데, 전문가들도 보통은 이인 일조로 하는 일을 혼자서 할 심산이었다.

불굴의 러시아식 자기 확신이었다. 그는 병들을 창턱에서 바닥으로 옮기고 블라인드를 걷었는데 그 순간, 무슨 구멍이 뚫린 듯 길에서 알릭이 그렇게 질색하는 라틴아메리카 음악이 쏟아져나왔다. 그의 창문 바로 아래 모퉁이를 아지트로 삼은 여섯 명의 남아메리카 인디오들이 이미 이주 째 이 블록 전체를 괴롭히고 있었다.

"저놈들을 입 닥치게 할 수 없어?" 알릭이 조용히 물었다.

"당신을 입 다물게 하는 게 쉽지." 발렌티나는 이렇게 대답하고 알릭에게 이어폰을 끼웠다.

조이카는 불쾌한 듯 발렌티나를 바라보았다. 이번엔 단테 때문에도 화가 났다.

발렌티나는 그에게 조플링의 래그타임[12]을 틀어주었다. 밤에 도시 여기저기를 쏘다니던 밀회 기간에 그는 그녀에게 이 음악 듣는 법을 가르쳐주었다.

"고마워, 버니." 알릭은 눈꺼풀을 찡긋했다.

그는 여자들을 죄다 버니나 키티로 불렀다. 그들은 대부분 이십 킬로그램짜리 짐가방에 이십여 개의 영 단어를 더해 여기로 왔는데, 이 이주는 수백의 크고 작은 단절을 일으키며 감행된 것이었다. 부모와 직업과 도로와 이웃과 공기와 물, 그리고 다른 무엇보다 가장 천천히 깨닫게 되는 모국어와의 단절인데, 시간이 지나면서 오히려 더욱 강력한 수단이

---

12) 1880년대부터 미국의 미주리주를 중심으로 일어난 피아노 음악. 재즈의 전신이지만 즉흥 연주는 하지 않는다. 흑인 작곡가가 많고 당김음을 즐겨 쓰는 것이 특징이다.

되고 실용적으로 되는 것이 모국어였다. 미국말 또한 점차 그들의 환경으로 들어와 실용적이고 원시적인 언어가 되면서 그들은 자신들 사이에서 생겨난, 의도적으로 잘린 우스꽝스러운 특수 용어로 자신을 표현했다. 잘린 러시아어, 잘린 영어, 잘린 이디시어, 절묘한 범죄 속어, 유대인 일화 속 경쾌한 억양이 이민자들의 부사로 쉽게 들어갔다.

"세상에!" 발렌티나가 투덜거렸다. "이건 음악이 아니야. 빌어먹을 코슈마르[13]가 따로 없어. 빨리 창문 닫으라고. 제발 부탁이야. 저것들 생각하는 거라곤 나가 먹고 마시고, 최대한 즐기고 기분 좋아지는 것밖에 없나? 저것들이 만들어내고 있는 건 제발트[14]지. 우린 저것들 때문에 두통을 얻었고."

화가 잔뜩 난 조이카는 피렌체 출신 이민자의 붉은 책을 침대 위에 놓고는 건물 옆 라인 자기 집으로 가버렸다. 입이 작은 나타샤는 부엌에서 커피를 끓였다. 발렌티나는 알릭을 옆으로 뒤집어 눕히고는 등을 문질렀다. 욕창은 아직 없었다. 반창고 때문에 피부가 활활 타올라서 소변 주머니를 더는 채우지 않았다. 파이카는 젖은 침대 시트를 쌓아 올려서 모아 안고는 구석에 있는 세탁실로 갔다. 닌카는 잔

---

13) 악몽
14) 소음

을 손에 쥔 채 작업실 안락의자에서 졸고 있었다.

　리빈은 에어컨을 가지고 소용도 없는 야단법석을 떨었
다. 지지 널빤지가 모자라자 깜빡 잊고 집에 두고 온 도구를
가지러 달려가는 대신, 너무 길어서 맞지 않는 두 개를 짧은
하나로 만들려고 애썼다. 고향 러시아식 해법이었다.

04

오랜 후퇴 끝에 소파 뒤로 넘어가는 오십 코페이카 짜리 동전처럼 해가 저물고, 오 분 만에 밤이 되었다. 다들 떠났고 닌카는 그 주 들어 처음으로 남편과 단둘이 남았다. 그녀가 그에게 올 때마다, 그녀는 새로이 겁에 질렸다. 알코올의 도움에 힘입은 몇 시간의 수면이 영혼에 쉼을 가져다주었다. 꿈속에서 그녀는 알릭을 공격하고 무서운 힘으로 그를 잡아 비트는 이 예외적이고 특별한 병에 대해 완전히 기분 좋게 잊었고, 깨어나면서 매번 바라는 것은, 이 모든 미혹이 물러가고 알릭이 그녀에게 다가와 평소처럼 말하는 것이었다. '버니, 여기서 무얼 하고 있어?'

그러나 그런 일은 일어나지 않았다.

그녀는 그에게 가서 그의 각진 어깨를 머리카락으로

덮으며 옆에 누웠다. 그는 잠든 것 같았다. 호흡이 가빴다. 그녀는 귀를 기울였다. 눈을 감은 채로 그는 말했다.

"이 망할 더위는 언제 끝난대?"

그녀는 정신이 번쩍 들어 리빈이 일곱 개의 병에 담긴 마리아 이그나티예브나 작품 전집을 세워놓은 구석으로 달려갔다. 제일 작은 병을 빼내서 마개를 따고 알릭 코 밑에 놓았다. 암모니아 냄새가 났다.

"좀 나아? 어때? 그렇지?"

닌카는 즉각적인 대답을 요구했다.

"약간." 그가 동의했다.

그녀는 다시 그 옆에 나란히 누워 그의 머리를 자기 쪽으로 돌리고 귀에 대고 속삭였다.

"알릭, 부탁이야, 나를 위해 좀 해줘."

"뭘?"

그는 이해하지 못했다. 아니면 이해하지 못하는 척했거나.

"세례받아. 그러면 모든 게 잘 될 거야. 치료에도 도움이 될 거고." 그녀는 두 손으로 그의 허약한 손목을 잡았고 주근깨 가득한 손에 살짝 입 맞추었다. "두려워할 거 없어."

"나는 두렵지 않아, 자기."

"그럼 나 신부님 모셔 올 거다?" 그녀는 기뻐했다.

알릭은 자신의 흔들리는 시선을 모으고 전에 없이 진

지하게 말했다.

"니나, 난 네 그리스도에게 반대하는 게 아니야. 오히려 꽤 맘에 들어. 그의 유머 감각은 좀 별로지만 말이야. 중요한 건 말이지, 내가 영리한 유대인이라는 거지. 세례라는 건 어딘지 바보스럽잖아. 연극이야 연극. 나는 연극이 싫단 말이지. 난 영화가 좋아. 날 내버려 둬, 키티."

닌카는 가는 손가락을 꽉 끼고 부들부들 떨었다.

"그분하고 얘기라도 좀 해봐. 여기로 오시면 얘기하면 되겠네."

"누가 온다는 거야?" 알릭이 다시 물었다.

"당연히 신부님이지. 아주 아주 좋은 분이야. 제발 부탁이야..."

그녀는 날렵한 혀로 그의 목을 애무했고, 그들 사이에 익숙한, 서로를 받아들이는 내밀한 몸짓으로 다음엔 쇄골, 다음엔 갈비뼈에 묻힌 젖꼭지로 계속 이어갔다. 세례로의 유혹은 에로틱한 게임처럼 되었다.

그는 힘없이 웃었다.

"그래, 너네 신부를 불러 그럼. 근데 조건이 있어. 랍비도 불러."

닌카는 아연실색했다.

"지금 장난해?"

"왜? 그런 중대한 결정을 하려면 양측 의견을 들어보는 게 맞잖아." 그는 어떤 상황에서도 최대 만족을 끌어낼 줄 알았다.

'그가 굴복했다, 드디어 굴복했어! 이젠 세례 주는 거야.' 닌카는 기뻐했다.

빅토르 신부와는 벌써 얘기가 진작 다 끝났다. 그는 작은 정교회 주임 신부였는데, 교양있는 사람이었고 복잡한 인생사와 단순한 신앙을 지닌 1세대 이민자 후손이었다. 사교적인 성격에 유머 감각이 뛰어난 사람이었는데 교인의 집을 방문하길 좋아했고 음주도 즐겼다.

닌카는 어디서 랍비를 모셔 와야 할지 알 수가 없었다. 그들의 친구 그룹은 유대교 사회와 아무 관계가 없었기 때문에, 알릭의 말대로 이것이 필수적인 조건이라면, 알릭에게 랍비를 데려다주기 위해 신발 끈을 조여야 할 터였다.

이후 두 시간 동안 닌카는 약초 농축액을 가지고 분주했고, 발에 습포를 다시 대고 문질렀고 향이 진한 날레브카로[15] 가슴을 문질렀다. 그러다 새벽 세 시쯤 갑자기 이리나 피어슨이 아까 웃으며 말했던 것이 떠올랐다. 여기

---

15) 폴란드산 증류주

유대인 중 그녀가 게필테 피쉬[16] 요리를 만들 수 있는 유일한 러시아 여자일 거라면서, 이는 자신이 안식일과 코셔 음식, 그 밖의 지켜야 할 것들이 있는 완고한 유대인과 결혼했었기 때문이라고 했었다.

이런 생각에 이르자, 닌카는 주저 없이 이리나에게 전화를 걸었다. 오밤중에 전화 너머로 닌카의 목소리가 들리자 이리나는 얼어붙었다.

'끝이구나.' 이리나는 단정 지었다.

"이라[17], 들어봐. 유대교인 남편 있었다고 했지?" 거친 목소리가 수화기를 타고 들렸다.

'취했군.' 이라는 생각했다.

"너 그 사람 좀 찾아볼 수 있어? 알릭이 랍비를 원해."

'뭐? 진짜 돌아버리겠네.' 이리나는 이렇게 생각하며 신중하게 말했다.

"내일 다시 얘기하자구. 지금 새벽 세 시야. 이 시간에는 어차피 전화해 볼 사람도 없어."

"이거 아주 급한 일이라는 것만 알아줘." 닌카가 또렷한 목소리로 말했다.

---

16) 송어, 잉어 등 생선에 달걀, 양파 등을 섞어 수프로 끓인 유대 요리. 히브리어로 속을 채웠다는 의미를 지니며, 생선 속을 파내 속살을 다져 양념하여 생선 속에 도로 채워 넣고 만들었다 하여 붙여진 이름이다.

17) 이리나의 애칭

"내가 내일 저녁때 들를게. 오케이?"

이리나는 니나에게 깊은 호기심을 가졌다. 아마도 이
것이 일 년 반 전, 그녀가 그의 작업실에 들르겠다고, 알릭
에게 임한 날개 달린 기적이 도대체 무엇인지 보겠다고 동
의했던 진짜 이유였을 것이다.

알릭은 날 때부터 여자들의 우상 아닌 적이 없었다. 유
아기 때도 그를 돌보는 유모와 보모들의 귀염둥이였다. 학
창 시절엔 같은 학년 여학생들이 모두 그를 생일에 초대
했는데 그들의 할머니도, 그들이 키우는 개도 그에게 반했
다. 어른이 된다는 것, 그 대책 없는 미래에 대한 거친 불안
에 사로잡히는 청소년기에, 영리한 소년 소녀들은 바보 같
은 모험에 몸을 던지곤 하는데, 이때 알릭은 대체할 수 없
는 존재였다. 그는 우정 어린 고해성사를 접수하고 그들을
웃게도 하고 그들을 조롱할 줄도 알았다. 하지만 그에게서
나오는 가장 중요하고도 드문 자질이라면, 삶은 다음 주 월
요일부터 다시 시작되고, 어제는 전부 지워버릴 수 있는데,
특히 완전히 성공적인 어제는 아니었을 경우 더욱 그렇다
는, 완벽한 자기 확신이었다. 나중엔 별명이 '뱀독'인 공연
예술학교 학생주임조차 그의 매력 앞에 저항하지 못했는
데, 알릭은 학교에서 네 번이나 쫓겨났지만, 사랑에 빠진
학생주임이 난리를 쳐서 그중 세 번은 다시 학교로 돌아올

수 있었다.

첫 만남에서 이리나는 니나가 오만하고 변덕스럽고 멍청하다는 인상을 받았다. 낡아빠진 미녀가 때 탄 하얀 카펫 위에 앉아 거대한 퍼즐을 맞추고 있었는데, 그녀더러 방해하지 말라고 했다. 가까이서 지켜보니, 니나는 그냥 지력이 좀 떨어지고 정서가 불안한 사람일 뿐이었다. 관성은 히스테리로, 한바탕의 유희는 우울로 대체되었다.

그녀는 왜 그가 니나와 결혼했는지 이해했지만, 그로 인해 그가 얼마나 오랜 시간 동안 그녀의 거의 지적 장애에 가까운 어리석음, 병적인 게으름과 단정치 못함을 견뎌왔을지 또한 이해할 수 있었다. 그녀가 느낀 감정은 때늦은 질투라기보다는 깊은 당혹감이었다. 이리나는 니나 같은 타입의 여자를 마주한 적이 없었다. 그녀는 자신의 끝없는 무력감으로 주변인들, 특히 남자들에게 높은 책임감을 불러일으키는 존재였다.

그 밖에도 니나에게는 특징이 하나 더 있었다. 자신의 충동과 변덕, 공상을 극한까지 몰고 갔다. 예를 들면, 절대 손으로 돈을 만지지 않았다. 가령 알릭이 워싱턴으로 일 주일 간 떠나기라도 하면, 니나가 이 '사악한 종이'에 접촉하느니 차라리 굶어 죽는 게 낫다면서 가게에도 가지 않을 것이라는 걸 그는 알고 있었다. 그래서 그는 집을 떠나기 전 그녀를 위해 언제나 냉장고를 채워놓았다.

러시아에 있을 때, 니나는 불이 무서워서 절대 요리하지 않았다. 그녀는 당시 점성술에 심취했는데, 천칭자리인 그녀에게 불의 위험을 경고하는 글을 어디선가 읽었다. 그녀는 이것을 공기의 표식과 불의 성질의 우주적 양립 불가능성이라 설명하면서, 그때부터 가스레인지 근처에도 가지 않았다. 여기 작업실에는 가스레인지 대신에 전기레인지를 사용하기 때문에, 그녀는 오로지 성냥 끝에서만 살아있는 불꽃을 볼 수 있을 뿐이었지만, 요리에 대한 그녀의 혐오가 떠날 줄 몰랐으므로 자연스럽게 알릭이 성공적으로 부엌일을 도맡아 하게 되었다.

돈과 불 외에 한 가지가 더 있었다. 그야말로 완전 이해할 수 없는 것으로, 의사 결정을 앞두고 그녀가 겪는, 거의 마비될 정도의 미친 공포였다. 선택의 대상이 하찮은 것일수록 그녀는 더욱 괴로워했다. 하루는 이리나가 가수인 고객에게서 공짜 표 다발을 받고서 티셔츠의 부탁으로 알릭과 닌카[18]도 극장에 초대했다. 그들은 알릭과 닌카를 극장에 데려가려고 집에 들렀다가 목격자가 되었는데, 닌카가 작고 좁은 드레스들과 정장용 구두들을 탈진할 정도로 갈아입고 갈아신다가 침대에 몸을 던지고는 아무데도 가지 않겠다고 말하고

---

18) 니나의 애칭

있었다. 그녀가 베개에 얼굴을 묻고 우는 동안, 알릭은 비자 발적 목격자들 쪽은 외면하면서 아무 드레스나 집어서 닌카 옆에 놓더니 이렇게 얘기하는 게 아닌가.

"이거 좋네. 오페라에 벨벳은 맥주에 소시지와 마찬 가지야."

티셔츠는 그저 그런 오페라보다 이 공연에서 더 큰 만 족을 얻었다.

이리나는 충동과 변덕의 가치를 잘 알았다. 그녀의 젊 은 시절도 그런 것들로 가득 찼었다. 하지만 니나와는 달리 그녀의 등뒤에는 서커스 학교가 있었다. 와이어 위를 걷는 기술은 이민자에게 매우 쓸모가 많다. 바로 이 기술 덕분 에 그녀가 그들 가운데 가장 성공했을지도 모른다. 발이 베 이고, 심장은 거의 멈출 지경이고, 눈으로 땀이 흐른다. 그 러나 광대뼈는 이를 드러낸 크나큰 웃음으로 가득 차고, 턱 은 승리감에 한껏 젖혀지고, 코끝은 먼 저편 별들로 향한 다. 모든 것은 가볍고 단순하고, 단순하고 가볍다. 팔 년 동 안 매일 두 시간도 채 못 자가며, 값비싼 미국행 직업을 이 와 손발톱으로 뜯어낸다. 하루에도 열 번씩 결정을 내려야 하고 이미 규정에 따라 행해진 결정에 대해서도, 만일 오늘 의 결정이 최상의 것은 아니었다는 걸 알게 된다 해도 당황 하지 않는다는 것도 규칙으로 이미 받아들인 지 오래다.

'과거는 이미 끝났고 바꿀 수도 없다. 그러나 과거가 미래에 대한 권리를 갖지는 못한다.' 그녀는 그런 경우 이렇게 말했다. 그러다 갑자기 바꿀 수 없는 그녀의 과거가 그녀에 대한 권리를 가진다는 걸 알게 되었다.

다가올 죽음에 대해서도, 과거의 삶에 대해서도 이리나는 알릭과 대화해 본 적이 없었다. 그러나 그녀가 상상조차 할 수 없었던 일이 일어났다. 티셔츠가 알릭이나 그의 친구들과 그토록 쉽고 자유롭게 대화를 나누다니. 그들 중 누구도 이 소녀가 그토록 복잡한 정신적 장애를 겪고 있다고는 생각지 못했다. 그러나 지금 이리나는 무엇이 자신을 이 시끄럽고 무질서한 알릭의 소굴에 벌써 이 년째 시간 날 때마다 오게 하는지 자신에게 설명하기 어려웠다.

부드러운 베일테일[19]보다는 그을린 참치에 가까운 영국 금붕어 닥터 해리스는 벌써 사 년이나 이리나와 비밀리에 결혼 생활을 하고 있었는데, 오 일간 뉴욕에 와서는, 그녀가 자기를 버리려 한다는 확신 속에 그녀를 잡지도 못하고 화난 채로 떠나버렸다. 그러나 그건 그녀의 계획 속에 전혀 들어있지 않았다. 그는 유명 저작권 전문 변호사였는데, 그녀로서는 그런 사람과 만난다는 건 상상도 하지 못할 정도의 지위를 가진 사람이었다. 순전한 우연이었다.

---

19) 매우 길고 하늘거리는 꼬리가 특징인 금붕어 종

법률사무소장은 어시스턴트로 그녀를 협상에 데려갔는데 이어진 리셉션장엔 여자가 거의 없어서, 까만 스모킹 재킷들을 [20] 배경으로 그녀는 마치 늙은 까마귀 떼 속 흰 비둘기처럼 빛났다. 두 달 후, 그녀가 영국 출장에 대해 다 잊어버렸을 때, 그녀에게 젊은 변호사들을 위한 회의에 참석해달라는 초대장이 왔다. 법률사무소장은 영문 몰라 어리둥절 하면서도, 해리스가 자그마한 체구의 자기 어시스턴트에 관심을 보인다고는 의심하지 못했고 이리나를 사흘간 유럽으로 보냈다. 그리고 이제 해리스가 결혼을 원한다는 것이 밝혀졌다.

눈에 콩깍지가 씌어 일시적인 감정으로 그러는 게 아니라 진지하게 그랬다.

마흔이 넘은 여자들은 다들 해리스를 꿈꿨다. 이리나도 막 마흔을 넘기고 있었다.

대체로 말도 안 되는 일이었다.

저녁에 이리나는 약속한 대로 닌카에게 갔다. 그러나 침실에는 떠나기 전 오 분만 보러 왔다던 치료사가 다시 시간을 잡아먹고 있었고, 닌카는 그녀 주변에서 허둥지둥하고 있었다. 작업실에는 언제나처럼 사람들이 많았다.

---

20) 흡연을 위해 1850년대에 디자인된 남자 재킷. 클래식 스타일의 스모킹 재킷은 숄 칼라에 접어 올린 소매, 버튼이나 벨트 여밈 처리되었다. 보통 벨벳이나 실크를 사용한다.

이리나는 배가 고팠고 냉장고를 열었다. 상황은 좋지 못했다. 러시아 식료품점에서 가져온 종이봉투에 그 귀한 흑빵이 들어있었고, 치즈가 말라비틀어져 있었다. 이리나는 샌드위치를 만들었다. 니나식 칵테일도 한 잔 했다. 이 집에선 왠지 모두 오렌지주스와 보드카를 섞는 스크류드라이버[21]로 시작했다. 마침내 닌카가 기어나왔다.

"고틀리브가 왜 필요한 건데?"

"고틀리브라니?" 닌카가 놀라서 물었다.

"세상에, 어젯밤에 네가 전화했잖아."

"아, 그 사람이 고틀리브지. 나는 고틀리브가 누군지도 몰랐어. 알릭이 랍비를 불러야 된다고 그래서..." 닌카는 순진하게 말했지만 이리나는 갑자기 짜증이 밀려오는 것을 느꼈다. 이 바보하고 지금 내가 뭐 하고 있는 거지? 그러나 그녀는 프로답게 짜증을 억누르고 부드럽게 물었다.

"그래, 그 사람한테 왜 랍비가 필요한데? 뭔가 잘못 알아들은 거 아니고?"

닌카의 얼굴이 환해졌다.

"너는 지금 하나도 모르고 있다구! 알릭이 세례받겠다고 했어."

---

21) 오렌지주스와 보드카를 섞어 하이볼로 마시는 알콜 음료. 보통 보드카와 오렌지주스를 1:2 비율로 섞는다.

이리나는 화가 머리끝까지 치밀어 고함을 질렀다.

"닌[22], 세례를 받으려면, 사제를 모여와야 하잖아, 응?"

"바로 그거야!" 닌카는 고개를 끄덕였다. "바로 그거지, 사제. 그건 내가 벌써 얘기해 놨어. 하지만 알릭이 요구하는 건 말이지, 랍비와도 얘기해보고 싶다는 거야."

"그가 세례받길 원한다고?" 마침내 핵심을 잡아내고서 이리나가 놀라워하며 말했다.

니나는 아름다워지기를 멈춘 깡마른 두 손 위로 좁은 얼굴을 떨구었다.

"피마도 아주 안 좋다 하고, 모두들 그래, 안 좋다고. 하지만 마리아 이그나티예브나는 마지막 희망이 세례라고 말하는 거지. 나는 그가 어디로든 떠나지 않았으면 좋겠어. 하느님이 그를 받아주시기를 바라. 이게 어떤 어두움인지 너는 상상할 수 없을 거야. 너는 상상도 할 수 없을 거야."

닌카가 어두움에 대해 아는 거라면 이런 것이다. 그녀에게는 세 번의 자살 시도가 있었다. 첫 번째는 아주 어렸을 때, 두 번째는 알릭이 러시아를 떠난 후에, 세 번째는 이 나라에 와서 아이를 사산하고 나서.

"서둘러야 해. 빨리." 닌카는 남은 주스를 잔에 따랐

---

22) 니나의 애칭

다. "이리샤,[23] 주스 좀 더 사다 줘. 보드카는 필요 없어. 어제 슬라빅이 가져왔거든. 너의 고틀리브가 우리에게 랍비를 데려다주기를..."

이리나는 가방을 집어 들고 냉장고 위에 있던 철제 통에 손을 내려놓았다. 여기다 보통 청구서를 모아둔다. 그러나 거기가 텅 비어 있었다. 누군가 이미 돈을 다 낸 것이다.

---

23) 이리나의 애칭

05

그녀가 자신에 대해 이렇게 말했다. "나는 온갖 말들을 다 타봤는데 그 중엔 유대 말도 있었어." 그 유대 말은 거대하고 검은 수염이 있는 레바 고틀리브였는데, 러시아인인 이르카를 유대교로 이끌었다. 대충 한 게 아니고 전체적인 프로그램에 따라 안식일의 초, 미크바,[24] 그녀에게 아주 잘 어울렸던 머리장식 등으로 제대로 말이다. 어린 티셔츠는 그때 여자아이들을 위한 종교학교에 보냈는데, 아이에겐 지금까지도 좋은 기억으로 남아있다.

이르카는 꼭 두 해를 유대교인으로 살았다. 히브리어도 배웠다. 그녀는 능력 문제로 기분 상하는 법이 없었고

---

24) 정통 유대교 신자의 종교 의례로서의 목욕

모든 걸 쉽게 받아들였다. 시나고그에[25) 다녔고 가족생활을 즐겼다. 어느 멋진 날 아침에 그녀는 잠에서 깨어, 죽도록 무료하다는 걸 깨달았다. 그녀는 손에 잡히는 대로 물건을 챙긴 다음, 레바에게 딱 두 마디 말이 담긴 메모를 남겨놓고 그대로 떠났다. '나 떠나.' 나중에 레바가 옛 친구들에게서 그녀를 추적해서 가정을 되돌려놓으려고 애쓸 때, 그녀는 한 마디로 대답했다. 지겨워, 레바, 지겹다고. 이것이 그녀의 마지막 변덕, 정서적 풍랑이라고 말할 수 있을 것이다. 그녀는 더는 그런 식으로 사치스러운 행동을 자신에게 허락하지 않았다.

캘리포니아로 이사했다. 이 기간에 그녀가 어떻게 지냈는지는 뉴욕 친구들에게 알려진 바 없었다. 몇몇은 그녀에게 뭔가 숨기는 게 있다고 생각했고, 또 다른 몇몇은 애인이랑 사는 거 아닌가 의심했다. 누구도 정확한 사정은 알지 못했다. 낮에는 린넨과 실크로 된 영국 스타일 정장을 입었고, 저녁에는 깃털과 반짝이를 걸치고 돈 많은 바보들을 위한 특별한 장소에서 공중곡예 연기로 무대에 섰다. 서커스 학교는 별거 아닌 게 아니었다. 무슨 박사 학위 같은 게 아니고 진짜 직업을 위한 것이었다. 이 직업 덕분에 그녀는 밤이면 다리를 빙글빙글 돌렸고, 낮에는 로

25) 유대교 회당

스쿨에서 두뇌를 굴렸다. 그녀는 정해진 코스를 이수하고 마침내 학교를 졸업했다. 이 기간에 그녀는 아침 여섯 시 반에 일어나, 사십 분간 목욕하는 대신 삼 분 내에 샤워를 끝내고, 자동응답기가 누가 전화한 건지 알려주기 전까진 수화기를 들지 않는 법을 익혔다. 그 결과 탄탄한 법률사무소에 변호사 어시스턴트 자리를 얻을 수 있었다.

그녀는 로스앤젤레스에 살면서 이민자들과는 거의 왕래하지 않았고, 물론 계속 익혀야 하기는 했지만 약한 영국식 억양으로 말했다. 사실 아주 우아하기까지 했다. 이런 사정을 이해하는 사람들은 억양 버리기가 억양 바꾸기보다 더 어렵다는 걸 잘 알고 있었다. 그녀는 처음 미국 서류를 발급받을 때, 복잡하지 않은 자신의 러시아 성을 신중하게 바꿨다.

그녀에겐 공연단원 시절의 이런저런 인맥이 남아있었기 때문에 그녀는 그들을 고객으로 유치했다. 어떤 고객인지는 아무도 모를 일이지만, 법률사무소장은 이를 높이 평가했다. 시간이 지나면서 그는 그녀가 독립적으로 일을 처리할 수 있게 해주었고, 그녀는 몇몇 사소한 소송에서 그에게 승소를 가져다주었다. 보통의 미국 젊은이에게 그런 커리어는 나쁘지 않은 정도로 여겨질 수 있었다. 마흔 살 먹은 러시아 출신 전직 서커스 단원에게 그것은 눈부신 성과였다.

전 남편 레바에게도 이혼은 이득이었다. 그는 모길료프 출신의 정통 유대인 여자와 결혼했는데, 서커스 공중공예 경험이나 그 비슷한 어떤 배경도 없는 여자였다. 키가 크고 뚱뚱하고 엉덩이가 펑퍼짐한 그녀는 칠 년간 다섯 명의 자녀를 낳았고, 이것으로 레바는 이르카를 잃은 상실감과 화해했다. 그의 현명한 아내는 확신에 차서 친구들에게 말했다.

"너네도 알다시피, 우리 남자들한테는 쉭사(shiksa)[26] 취향이 있지. 제대로 된 유대인 아내를 얻기 전까지만 말이야."

이 위대한 지혜는 그녀가 지닌 가능성의 마지막 한계였지만, 레바는 이에 대한 논쟁을 시도조차 하지 않았다.

이리나는 전화번호부에서 제법 빨리 레바를 찾아냈고, 그녀가 그에게 급하게 만나자고 청하자, 그는 무척 당황스러워했다. 그녀가 그를 만나려 브롱크스로 가는 두 시간 동안, 그는 그녀로 인해 겪게 될 큰 불쾌감에 대한 예감, 혹은 최소한 불편함에 대한 예감으로 몸부림쳤다.

그의 법률사무소는 다소 어수선했지만, 여기 일은 다 언젠가 전에 이르카가 고안한 대로였다. 그녀의 실용적인 정신은 경솔한 무관심과 결합해 당시 레바에게 성공을 가져다주었다. 그들의 길지 않은 결혼생활 초기에 그가 어렵게 모아 가진 돈 전부였던 오천 달러를, 위험부담은 컸지

---

26) 이디시어로 미혼의 비유대인 처녀를 가리킴.

만 결국 찬란하게 그 능력을 증명해 보였던 코셔 화장품 생산 기업에 투자하라고 설득한 사람도 이르카였다. 당시 이리나는 아직 유대교와 길지 않은 사랑에 빠져 있을 때였다. 물론 그것은 연성 개혁 유대교였지만, 우유와 고기의 극적인 관계를 잊지 않는, 특히 생전에 꿀꿀거릴 때면 더욱 그러한 유대교였다.[27]

레바의 화장품 회사가 이제 막 소비자들에게 주목받기 시작한 것은, 범아메리카 화장품 시장을 휩쓴 비코셔 불꽃에 휩싸여 이리나가 레바를 떠났을 때다. 삶의 새 국면에 한걸음 내디딘 레바는 개혁주의자이기를 포기하고 정통주의자가 되기로 곧 방향을 바꿨다. 거기엔 정치적인 이유가 있었다. 그는 유대인 여인들의 고귀한 얼굴을 훼손하는 조악한 색소의 생산을 거부해야 했고, 코셔 샴푸와 코셔 비누 생산에 관계된 것만 남겨두고 나머지 주식은 자신의 사촌 형제에게 매도했고, 코셔 아스피린과 기타 약품 생산을 공

---

27) 유대교에서는 돼지고기를 금하고, 도축한 고기의 피를 빼야 먹을 수 있다는 기본 조건이 있다. 신명기 14장 6~7절과 레위기 11장 3~4절에서 발굽이 갈라지고 되새김질하는 초식 동물만을 먹을 수 있다고 기록한 것을 따르고 있는데, 이에 따라 토끼와 바위너구리, 낙타, 돼지 네 종류의 동물은 부정한 동물로 여겨 도살과 고기 섭취, 유제품 생산을 금하고 있다. 출애굽기 23장 19절에 따라 육류와 유제품의 동시 섭취는 엄금되어 있다. 육류를 먹었든 유제품을 먹었든 이게 다 소화될 때까지는 어느 한쪽을 먹어서는 안 되고, 두 식품을 요리할 때도 사용하는 조리 기구와 식기를 엄격하게 구분해야 한다. 다만 그 소화되는 시간이 얼마나 걸리는지에 대해서는 의견이 분분한데, 아슈케나지 유대인들은 세 시간 뒤, 세파르디 유대인들은 여섯 시간 뒤에 먹을 수 있다고 주장한다.

부했다. 세상에는 이런 생각이 완전한 속임수가 아니라고 생각하는 사람들이 꽤 많은 것 같았다.

　레바는 자기 사무실 문턱에서 이리나를 맞이했다. 둘 다 많이 변했지만, 이 변화는 세월의 흐름이라기보다는 삶의 새로운 방향성에 기인했다. 레바는 몸집이 불었고 등 너비와 팽창하는 뺨에 비해 키가 작아 보였다. 얼굴은 젊은 다윗 왕을 떠올리게 하는 연한 분홍빛을 잃었고, 음울한 빛깔을 얻었다. 결혼 기간에 어깨에 구멍이 난 편물 티셔츠와 바닥까지 닿는 인도식 긴 치마를 입고 다녔던 이리나지만 잡지에 나올 법한 무결점 외모, 눈썹과 코의 엄정한 우아함, 도도한 턱선과 부드러운 입술로 그에게 감동을 주었다.

　'진주다, 진짜 진주야.' 레바는 생각했고, 생각한 것을 입 밖으로 소리 내어 말했다.

　이리나는 예전처럼 가볍게 웃었다.

　"레바, 내가 당신 맘에 든다니 기뻐. 많이 변하긴 했지만, 있잖아, 당신도 나쁘지 않아. 견실하고 중요한 남자로 보이고."

　"애가 다섯이야, 이로치카,[28] 다섯." 그는 책상에서 작은 사진첩을 끌어당겼다. "마에치카는[29] 어떻게 지내?" 그가

---

28) 이리나의 애칭
29) 마이카의 애칭

곧이어 물었다.

"잘 지내, 이젠 다 컸지 뭐."

그녀는 사진첩을 유심히 들춰보다 고개를 끄덕이고는 다시 책상에 놓았다.

"실은 말이야, 오랜 친구가 있어. 유대인이고 모스크바에서부터 알던 사이인데 지금 많이 아파. 죽어가. 그가 랍비와 얘기하기를 원해. 주선해 줄 수 있겠어?"

"보자던 이유가 이게 다야?" 레바는 커다란 안도감을 느꼈는데, 당시 결혼 관계에 있었던 이리나가 이제 와 오천 달러와 관계된 소유권을 청구하지 않을까 하는 의심을 하고 있었기 때문이었다. 그는 품위 있는 사람이었지만 가족을 책임지고 있었으니 예기치 않은 지출을 싫어했다. "당신한테 필요하다면, 내가 열 명이라도 데려올게." 그는 어리석은 말을 했다고 창피해했지만 이리나는 눈치채지 못했거나, 아니면 별로 주의를 기울이지 않았다.

"아주 급한 일이야. 아주 급해. 그 사람 상태가 아주 나빠." 그녀가 간청했다.

레바는 그날 저녁에 바로 전화해주겠다고 약속했다.

그는 그날 저녁에 정말로 전화해서 말하길, 뛰어난 랍비를 모실 수 있는데 이스라엘 출신이고 현재 뉴욕대학교에서 어떤 지혜로운 말씀을 강의하고 있다고 했다. 그리고

안식일 지나고 바로 그를 병자에게 모셔가기로 약속했다고
했다.

아주 명백하게, 하지만 그 무엇도 결코 잊는 법이 없는
이리나가 완전히 잊어버렸던 것이 있는데, 유대교 안식일
은 토요일 저녁에 끝난다는 것이었다. 그녀는 이를 착각하
고 니나에게 랍비가 일요일 아침에 올 거라고 설명했다.

정교 사제 빅토르 신부는 토요일 밤 미사 후에 오기로
했다. 닌카는 정교 사제가 랍비보다 먼저 온다는 것에 큰 의
미를 부여했다.

06

피마는 베르만에게 별다른 전화 연락도 없이 아주 늦은 시각에 찾아왔는데, 이런 스스럼없는 행동은 그들 사이에서 별로 문제 될 게 없었다. 오래된 관계가 그들을 이어주었고 부분적으로 혈연관계가 있기도 했다. 조부 쪽으로 촌수를 따지기 어려울 만큼 먼 혈연관계에 있었는데, 사실 그건 또 그리 중요한 일이 아니었다. 중요한 것은 다른 데 있었다. 그들은 둘 다 타고난 의사였는데, 금발로 태어나고 가수로 태어나고 겁쟁이로 태어나는 그런 사람들처럼, 말하자면 자연의 자기 의지가 발현된 그런 사람들이었다. 인체에 대한 감각, 혈액의 순환에 대한 청각, 특별한 사고방식이 이 두 사람에게 있었다.

"총체적인 것이지." 베르만은 그렇게 정의했다.

어떤 특이점이 특정 교환유형과 결합해 궤양, 천식, 암을 유발하는 고혈압에 영향을 미치는지 그 둘은 감을 잡았다. 진찰 초기부터 그들은 피부가 건조해지고 흰자위가 거뭇해지고 입 구석에 염증이 있는지 주목했다.

그들은 최근 들어 아는 사람이 부탁하는 경우가 아니면 진찰을 거의 하지 않고 있었다.

피마와 달리 베르만은 미국으로 이주한 이후 모든 시험을 두 달 만에 통과했고, 러시아 학위도 인증을 받아서 현지 기록을 세우게 되었다. 그 누구도 의사가 되는 전 과정을 그토록 빨리 마친 적이 없었다. 그는 바로 한 시립병원에 자리를 얻었다. 여기서 그는 실습을 통해 미국 의학을 알게 되었다. 그는 여기에 주당 칠십 시간을 바쳤지만, 물론 다른 이유가 또 있긴 해도, 그에게는 러시아 의학만큼이나 만족스럽지 못한 것으로 보였다. 그때 그는 미국 의사들로부터 거리를 둘 수 있는 분야를 발견하게 되었다. 그는 그들을 별로 존경하지 않았다.

이 분야는 이제 막 새로 생겨난 분야였다.

'러시아에는 그런 게 이십 년 내에 없을 거야. 영영 없을지도 모르지.' 그는 절망적으로 생각했다.

이 분야는 핵의학이라 불렸다. 이것은 유기체에 대한 방위성 동위원소의 도입과 후속 컴퓨터 분석을 결합

한 진단 경향이었다.

베르만이 스스로 말한 대로, 그는 마지막 남은 뇌를 이 최신식 컴퓨터 사용에 통달하느라 다 써버렸고, 마지막 남은 에너지를 자기 소유의 진단 연구소를 갖기 위해 돈을 버느라 다 써버렸으며, 마지막 남은 삶도 그의 이 모든 노력이 빚어낸 거대한 빚을 갚느라 다 써버려야 할 판이었다.

그럼에도 불구하고 그의 사업은 잘 돌아갔고, 성장해 가면서 더욱 추진력을 얻었지만, 모든 소득은 이 나라에서 습기 찬 벽에 곰팡이 피듯, 눈 깜짝할 사이 저도 모르게 불어나는 대출 이자를 갚는 데 사용되었다.

베르만의 빚은 사십만 달러 이상 되었지만, 피마의 빚은 사백 달러였다. 미국식 논리로 말하자면, 한 사람은 번영했고 다른 한 사람은 여전히 비참한 상황에 놓여 있었다. 그들은 둘 다 낡아빠진 아파트에서 살고 있었고 싼 음식을 먹기도 매한가지였다. 유일한 차이점으로 귀결되는 것은, 베르만에게 의사 신분에 어울리는 품위 있는 양복 세 벌이 있다면, 피마는 거지 같은 옷을 걸치고 다닌다는 정도였다.

"미국 전체가 사는 방식으로 우리도 살고 있네." 베르만이 피마의 어깨를 친근하게 치면서 웃었다.

만일 베르만이 그의 두뇌, 그가 받은 교육이나 그가 뛰어든 모험적 프로젝트에 대해 이런 대출을 받게 되었다면,

그건 그가 그럴 만해서라는 걸 둘은 너무나 잘 알고 있었다. 그렇게 인색하게 굴지 않고 지나치게 신중하지 않았더라면, 그는 지금쯤 멋진 어퍼 이스트 사이드로 이사했을지 몰랐다.

피마는 몸을 떨었다. 분명 질투는 아니었지만, 어떤 병적인 것이 영혼을 감쌌다. 베르만은 할 일을 해야 했다: 연구소를 열면서 그는 피마에게 실험실 테크니션 자리를 제안했는데, 이를 위해서는 무슨 특별한 코스를 마쳐야 했고, 피마는 내년엔 어떻게든 가진 걸 총동원해서라도 빌어먹을 시험을 통과하리라는 듯 여전히 영어 교과서와 씨름하고 있었기 때문에... 결국 피마는 자신을 위한 제안을 거절했다. 제안의 수락이 완전하고도 최종적인 굴복을 의미하기라도 한다는 듯.

예전에 러시아에서 그들은 똑같이 자신들의 가치를 잘 아는 젊고 유능한 의사였다. 여기서는 이 개 같은 언어에 대한 피마의 적응력 부족에 기인해 피마가 도저히 따라잡을 수 없을 정도로 베르만은 저 멀리 가버렸다. 그러나 알릭과 관계된 이 경우에는, 그들은 전처럼 한 환자를 둘러싼 두 의사라는 대등한 위치에 있었다.

그날의 만남은 말하자면 자문위원회였다. 오른손이 알릭을 절망하게 했을 때, 알릭이 도움을 청한 최초의 의사가 피마였다. 이 년 전의 일이었다.

"별거 아닌데요. 직업적 과로 때문이고 아마 건막염일 수 있겠습니다." 피마는 최초 진단을 이렇게 내렸지만, 곧 새로운 사실을 깨달았다. 왼손마저 굴복하기 시작한 것이다. 진행이 그렇게까지 빠르지만 않았다면 다발성 경화증을 의심해 볼 수 있었을 것이다. 대대적인 검사가 필요했다.

일차 검사는 베르만이 진행했다. 당연히 돈을 받지 않았고 동위원소 비용은 자기가 부담했다. 컴퓨터는 아무것도 보여주지 않았다.

"미국 것들은 공짜로는 일을 안하지." 베르만은 쓴웃음을 지었다. "아직 보기에는 건강해 보이니, 얼른 보험을 드세요, 어르신. 반년 지나면 효력을 발생하기 시작할 겁니다. 제가 보증하건데, 그런 일은 만만하게 그냥 지나가지 않을 겁니다." 베르만은 이렇게 결론을 내렸다.

그러나 알릭은 보험 들 돈도 없었을 뿐 아니라, 반년 후에 일어날 일에 대해 생각조차 하지 않았다. 이런 이유로, 또 소비에트 시절부터 생긴 줄서기, 관료, 공문서에 대한 혐오로, 그는 어떤 혜택도 받아본 적이 없었다. 이민자 중에는 식료품 지원 카드부터 공짜 아파트까지 갖은 지원금과 특권을 따내려고 머리를 굴리는 일로 거의 경쟁을 벌이다시피 하는 사람들이 적지 않았지만, 알릭은 근 이십 년 동안 그때그때 슬쩍 일하면서 근심 걱정 없는 한 마리 새처럼 그럭저럭 지내왔다. 사람들에게 그는 우연에 기대어 즉흥적으로 살아간다는 인상을 주었다. 그를 짜증스러워하는 사람들은 정직한 노동자들이 아니라 상습적으로 빈둥대는 놈팡이들과 악명 높은 투기 사기꾼들이었다.

말하자면, 그는 안정적인 직업을 가져본 적 없는 것과 마찬가지로 보험 같은 건 들어본 적도 없었고 앞으로도 그러리라 생각할 수 없었다. 지금 그는, 길고 긴 복도에서 며칠이고 줄 서는 일과 필수적인 서류를 받아내는 일에 그 어느 때보다 더 무능력했다.

다행스럽게도 전산화되고 신중하게 계획된 미국의 의료 서비스 시스템은 비집고 들어갈 만한 몇몇 틈새를 남겨놓았다.

초기 검사는 다른 사람의 서류로 진행되었다. 혈액은 침묵했다.

맨 처음 입원은 길에서 준비했다. 구급차를 불렀고 작은 연극을 상연했다. 집 맞은편 카페 주인은, 문 앞에 사람이 쓰러져 의식이 없다면서 차를 불렀다. 이 사람은 의자 세 개를 붙여놓은 위에 누워서 올려 묶은 자신의 빨간 머리를 늘어뜨리고는 친구인 카페 주인에게 윙크하면서 오 분간 차를 기다렸다. 그는 실려가 검사를 받았고 병원에 있는 동안 메디케이드[30] 수혜자가 되었다.

신경 전문의들이 관을 달고 약을 처방하며 그를 치료했다. 모든 것이 상당히 우울해서 알릭은 병원에서 도망쳤다. 피마는 그를 위해 스캔들을 만들어냈다. 그것이 무엇이든, 처치는 훌륭했고 치료는 진단에 기인했다. 그러나 진단을 내릴 수 없다면, 더는 할 수 있는 게 없다. 피마는 그를 다시 입원시켜야 한다고 주장했는데, 그를 다시 데려올 유일한 방법은 '시나리오'를 실행하는 것이었다. 피마는 신속하게 그의 쇄골에 작은 누관을 달았고, 알릭은 잘못된 치료 이후 병이 더 커진 것처럼 자기 몸을 내보였다. 시립병원은 사립 기관은 아니지만 소송은 결코 좋아하지 않기 때문에 결국 그를 다시 입원시켰다.

이 일은 질질 끌었다. 알릭은 입원했다가 다시 나갔다. 치료가 도움이 되는지 어떤지는 확실치 않았다. 치료를 받지 않으면 어찌 되었을지 누가 알겠는가. 그러나 오른팔은 이미 채찍처럼 힘없이 매달렸고 왼팔로는 숟가락을 입으로 가져가기에도 힘에 겨웠다. 걸음걸이가 달라졌다. 쉽게 피로를 느꼈다. 휘청거렸다. 그리고 처음으로 쓰러졌다. 이

---

30) 미국의 국민 의료 보조 제도로서 65세 미만의 저소득층과 장애인을 위한 것이다. 메디케이드 혜택을 받기 위해서는 단지 소득이 낮다는 것만으로는 부족하고 미국 시민권자나 등록된 외국인이어야 하는 등 다른 여러 기준들에 적합해야 한다. 저소득층 중에 이런 기준을 충족하지 못한 사람들이 상당히 많아서 대략 60%가 메디케이드 혜택을 받지 못하고 있다.

모든 게 무서운 속도로 벌어졌다. 다음 해 봄이 되자 그는 겨우 움직였다.

두 번째 입원은 훨씬 더 복잡한 일이었다. 알릭을 베르만의 연구소로 데려간 후, 베르만이 구급차를 부르면서 말하길, 중환자가 접수되었다고 했다. 구급대는 환자가 길에서 죽지 않을 것이라는 서면 증명을 요구했다. 이 나라의 온갖 관료적 계략을 알고 있었던 베르만은 이 문서를 이미 준비해두었다. 그는 알릭과 함께 갔는데 중요한 인물인 담당 간호사, 다행스럽게도 베르만의 지인이었던 나이 든 아일랜드인이자 우울하고 날카로운, 그리고 완전한 천사인 그녀가 구급차에 최고의 국립병원으로 여겨지던 중국 병원으로 가자고 했다. 이 시도는 성공적이었고, 첫 주에 알릭은 생기를 되찾았고 일반적인 치료 외에 그에게 침과 뜸도 놓았는데, 손에 감각도 되돌아오는 것 같았다.

이제 피마와 베르만은 초라한 부엌의 더러운 찻잔과 쾌활한 바퀴벌레들 틈에 앉아있었다. 그들은 이미 갖가지 가정 끌어오기를 멈췄다. 근위축성 측삭경화증(루게릭병), 바이러스성 줄기 병변, 불가사의한 종양...

베르만은 외모가 충분히 괜찮은 편이었다. 커다란 원숭이 같은 면이 좀 있긴 했는데, 구부정하고 강한 어깨, 짧고 뻣뻣한 목, 긴 팔에다 심지어 입은 커다란 이를 덮느라 팽팽하게 당겨져 있었다. 피마는 얼굴이 온통 울퉁불퉁했다. 움푹 팬 얼굴로부터 유독 맑은 눈이 기대에 차 베르만을 바라보았다.

"아무것도, 피마. 그런 경우엔 할 수 있는 게 아무것도 없어. 산소마스크 밖에는."

"질식은 아주 천천히 발전할 수 있어. 아주 고통스럽게." 피마가 얼굴을 찌푸렸다.

"모르핀이나 거기 있는 거 뭐라도 좀 놔줘."

"그래, 알았어." 피마가 중얼거렸다.

그럼에도 불구하고 그는 똑똑한 베르만이 알고 있었으나 잊고 있었던 무엇이라도 생각해내기를 바랐다. 그러나 그런 지식은 아예 있지도 않았다.

07

빅토르 신부는 아홉 시쯤 도착했다. 맨발에 샌들을 신고 헐렁한 셔츠를 밝은색 짧은 바지 속으로 넣어 입었고, 손에는 서류 가방과 무언가를 잔뜩 넣은 비닐봉지를 들었다. 입구에서 천진난만한 녹색 글자 N과 Y가 쓰인 야구모자를 벗고는 팔꿈치 안쪽으로 안아 들었다. 짧은 코를 찡긋하면서 미소로 인사했다.

토요일엔 보통 많이들 모였다. 발렌티나, 회색 도스토옙스키를 팔에 낀 조이카, 티셔츠, 파이카, 리빈과 그 여자 친구는 일반적인 방문자들이었지만, 그 외에도 최근 워싱턴에서 온 베긴스키 자매와 알릭의 미국인 친구 루디가 있었는데 그는 알릭과 무슨 공동 프로젝트를 함께 한 적이 있다고 했다. 또 모스크바에서 왔다는 아무도 모르는 손님이 있었는데, 자신을 뭐라 소개하긴 했지만 알아들을 수 없게 말해서 이름을 아무도 기억하지 못했다. 또 오데사에서 온 슈물과 키플링이 있었는데, 키플링은 오랜 친구가 며칠간 그에게 맡긴 개였다.

알릭을 침대에서 끌어내 안락의자에 앉히고 사방을 베개로 받쳤다. 여기는 그가 늘 앉아있는 곳이었다. 사람들은 천천히 방안을 빙 둘러서서 마시고 떠들었다. 테이블에는 우연한 공물들이 놓였다. 커다란 호두 파이가 해동되고 있었고, 아이스크림이 녹고 있었다. 죽어가는 사람의 방이라기보다는, 전시회 개막전 같았다.

빅토르 신부는 순식간에 길을 잃은 듯 보였다. 그러나 니나는 야구모자를 낀 그의 팔꿈치를 재빨리 잡아끌어 테이블 앞으로 앉혔다.

"내-애 마-아-으-미 다-앙-신에게 평화를 비는..." 슈물이 달콤한 목소리로 노래했는데 파라과이 피리 소리와 북소리를 반쯤 삼킨 듯, 창 아래로 저 멀리까지 지치지 않고 울려 퍼지는 목소리였다.

파이카는 알릭을 닮아 길고 흐느적거리는 인형을 꽉 쥐었다. 이 예언적 인형은 언젠가 알릭의 생일에, 지금은 이스라엘에 사는 친구인 안카 크론이 선물로 준 것이었다. 알릭은 인형을 대신해 대사를 던졌다.

"오, 나를 그렇게 뜨겁게 쥐지 마세요! 파야, 솔직하게 말해봐요, 하느님 앞에서처럼요. 마늘 먹었어요?"

사제는 미소 지었고 파이카의 손에 있던 인형을 잡아 인형의 분홍 손을 흔들며 말했다.

"만나서 정말 반가워요."

모두 웃었고, 그는 인형을 다시 파이카의 무릎 쪽으로 살짝 던졌다.

닌카가 고개를 끄덕이자 슈물도 조용해졌고 리빈은 알릭을 안락의자에서 가볍게 일으켜 아이처럼 침실로 옮겼다.

새로 온 모스크바 여자는 몸을 움츠렸다. 바라보기 힘들어했다. 알릭이 누워있거나 앉아있는 동안은 모든 게 그저 보통 때 같았다. 아픈 사람을 친구들이 둘러싸고 있는 그 정도였다. 하지만 이렇게 한 장소에서 다른 장소로 그를 옮길 땐 어떤 무서운 일이 일어나고 있다는 것을 모두 떠올리게 되었다. 살아있는 맑은 눈과 죽은 몸... 초봄만 해도 그는 혼자 침실에서 작업실로 움직일 수 있었는데...

알릭을 침실에 눕히자 빅토르 신부는 거기로 들어갔다. 문가에서 서성이던 닌카는 침실에서 빠져나와 문에 등을 기대고 바닥에 앉았다. 그녀는 경계 태세였고 마음을 다잡는 듯 보였다. 반쯤 취했지만 침착했다.

'정말 어이가 없네. 그냥 괜찮은 사람이잖아. 항복하고 어쩌고 한 게 다 허망하군...' 알릭은 생각했다.

　　빅토르 신부는 침대 주위에 있던 등받이 없는 의자에 앉아 알릭 가까이 몸을 굽혔다.

　　"나는 몇몇 직업적 난관에 봉착해 있습니다." 그가 갑자기 말을 꺼냈다. "보다시피, 내가 교제하는 사람들 대부분은 우리 교회에 나오는 신자들인데, 그들은 내가 자기들이 가진 온갖 문제들을 해결할 수 있다고 완전히 확신에 차 있어요. 그러다 만일 내가 그렇게 못하면, 교육적 고려사항일 뿐이라고 여기지요. 사실은 그렇지 않은데 말입니다." 그는 보기 드문 이를 드러내고 미소 지었고, 알릭은 이 사제도 지금 이 상황의 어리석은 어색함을 이해하고 있다는 걸 깨닫고는 마음이 조금 가벼워졌다.

　　질병은 그를 통증으로 고통스럽게 하지는 않았다. 그는 심해져 가는 호흡곤란과 자신을 용해하는 참을 수 없는 느낌에 시달렸다. 몸무게, 살아있는 근육 덩어리와 함께 삶의 현실성도 빠져나가 버려서, 아침부터 저녁까지 자기한테 달라붙어 있는 반쯤 벗은 여자들을 그는 그토록 기뻐했다. 알릭은 자기 주위에서 새로운 사람들을 본 지 오래되었기 때문에 한쪽 뺨은 지저분하게 면도하고, 수염은 서양식으로 깎고, 눈은 녹갈색으로 얼룩덜룩한 이 새로운 얼굴이 사진 찍히듯 세세한 부분까지 그의 뇌리에 뚜렷하게 각인되었다.

"니나는 내가 당신과 얘기 나누길 너무나 원했어요."
사제는 말을 이었다. "니나는 내가 당신에게 세례 줄 수 있
다고, 말하자면 세례를 받으라고 당신을 설득할 수 있다고
생각해요. 나는 그 부탁을 거절할 수 없었습니다."

파라과이 음악이 창 너머에서 울부짖다가 딱딱 소리
를 냈고 영혼을 뱉어냈다가는 새롭게 되살아났다. 알릭이
얼굴을 찌푸렸다.

"네, 빅토르 신부님, 저는 믿음이 없는 사람입니다."
알릭이 슬프게 말했다.

"그만 해요, 그만." 사제는 손을 내저었다. "믿음 없는
사람이란 사실상 존재하지 않아요. 이것은 당신이 다른 어
떤 것보다도 러시아에서 가져온 일종의 정신적 주형이라
할 수 있지요. 믿음 없는 사람은 없다고 당신에게 확실히
말할 수 있습니다. 특히 창조적인 사람들에게는 더욱 그렇
습니다. 믿음의 내용은 다양하고, 지적 수준이 높을수록 믿
음의 형태는 더욱 복잡합니다. 게다가 직접적인 논의나 조
악한 진술을 허용하지 않는 지적 순결을 지닌 종족이 있소.
우리에게는 종교적 언어의 저속한 예시가 늘 있지요. 견디
기 어렵지만..."

"너무나 잘 압니다. 당장 저희 가정에도 제 아내가 있
잖아요." 알릭이 응답했다.

빅토르 신부는 정직한 진지함으로 그에게 호감을 불러일으켰다.

'그도 전혀 어리석지 않다.' 알릭은 놀랐다.

성스럽고 지혜로운 사제를 향한 니나의 열광적인 감탄사가 그에게 짜증을 일으켰지만 이제 그 짜증은 지나갔다.

"하지만 니나에겐" 빅토르 신부는 문 쪽으로 손을 흔들었다. "그리고 여자들 대부분에겐 모든 것이 머리를 통하는 것이 아니라 마음을 통합니다. 즉 사랑을 통하는 것이지요. 그들은 놀라운 존재들입니다. 기이하고 놀라운."

"신부님도 여자 좋아하시네요, 저처럼." 알릭이 그를 놀렸다.

그러나 그는 알아듣지 못한 것 같았다.

"그럼요, 무지하게 좋아하죠. 나는 거의 모든 여자를 좋아합니다." 사제는 인정했다. "내 아내는 내게 늘 얘기합니다. 내 직업이 아니라면, 나는 돈 후안이 될 거라고요."

'이렇게까지 단순한 사람들이라니!' 알릭은 생각했다.

사제는 대화 주제를 발전시켜나갔다.

"그들은 놀랍습니다. 그들은 사랑을 위해 모든 것을 희생할 준비가 되어있죠. 그리고 그들 삶의 내용물은 빈번하게 남자에 대한 사랑입니다. 그렇습니다. 그런 대속(代贖)이 일어납니다. 그러나 가끔, 아주 드물게, 저는 특별히 고귀한 어떤 경우들을 만납니다.

소유에서 생기는 탐욕스러운 사랑이 변하는데, 일상을 통해, 보잘것없는 것을 통해 가장 신적인 사랑에 다가갑니다. 나는 놀라움을 멈추지 못합니다. 바로 당신의 니나도 내가 보기엔 그런 종족이지요. 나는 여기 들어오자마자 바로 알았습니다. 당신 주위에 아름다운 여자들이 얼마나 많습니까. 그렇게 아름다운 얼굴들이라니요. 당신 여자 친구들은 당신을 떠나지 않을 겁니다. 감추어진 면을 들여다본다면 그들은 모두 향유를 가지고 장사지낸 주님을 찾았다가, 빈 무덤을 발견하고 주님의 부활을 알게 된 여인들입니다."

그는 그렇게 늙지 않았다. 쉰 살쯤 되었으려나. 그렇지만 이야기는 구식으로 장엄해졌다.

'물론, 이민 1세대일 테지.' 알릭은 그렇게 추측했다.

사제의 움직임은 다소 산만하고 부정확했다. 알릭은 이것도 마음에 들었다.

"좀 더 일찍 만나지 못한 게 유감(жалко)입니다." 알릭이 말했다.

"네, 네, 열감(жарко)이 있어요. 덥죠." 사제는 잘못 알아듣고 답했다. 그에게 그토록 큰 영감을 준 여자를 주제로 한 이야기에서 그는 여전히 벗어나지 못했다. "이건 진정

논문감이라니까요. 남녀 믿음의 질의 차이에 대하여..."

"어떤 페미니스트가 이미 썼을지도 모릅니다. 빅토르
신부님, 니나한테 '마르가리타'를 가져다 달라고 해주세요.
테킬라 좋아하세요?" 알릭이 물었다.

"아마도요." 사제는 불확실하게 대답했다.

그는 일어나서 문을 조금 열었다. 문 뒤에는 여전히 타
오르는 질문을 담은 눈으로 닌카가 앉아있었다.

"알릭이 '마르가리타'를 청하네요." 그는 니나에게 말했
는데, 그녀는 바로 알아듣지 못했다. "'마르가리타' 두 잔이요."

몇 분 뒤 니나는 커다란 잔 두 개를 들고 들어왔다가
어깨너머로 당황한 눈빛을 보이고는 다시 나갔다.

"자, 이제 여자들을 위해 잔을 들까요?" 알릭은 평소
같이 사람 좋은 신랄함으로 제안했다. "저도 마시게 해주셔
야 합니다."

"그럼요, 그럼요, 기꺼이 그러지요." 빅토르 신부는 알
릭 입으로 어색하게 빨대를 밀어 넣었다.

그는 살면서 다양한 상황을 봐왔지만, 이런 경우는
처음이었다. 죽어가는 사람들을 위해 고해성사를 듣고,
그들에게 성체를 주고, 어떤 경우 세례를 주기도 했지
만, 테킬라를 준 적은 없었다.

빅토르 신부는 자기 잔을 바닥에 세워두고는 말을

이어갔다.

"남자들이 가지는 믿음의 내용이란 싸움의 형태를 지닙니다. 밤중에 야곱이 천사와 벌인 싸움을 기억하십니까? 자기 자신을 더 높은 수준으로 끌어올리려는 전쟁이지요. 이런 면에서 나는 진화론자입니다. 구원은 너무도 실용적인 사상입니다. 그렇지 않습니까?"

알릭이 보기에 사제는 좀 취한 것 같았다. 알릭은 사제가 잔을 입에 대지 않는 걸 보지 못했다. 그러나 알릭 자신은 위장에 온기가 도는 것을 느꼈는데, 이것은 기분 좋은 일이었다. 감각이라는 게 점점 약해지고 있지 않은가.

"나는 수도사제 세라핌 사롭스키가 이 믿음을 위한 싸움을 '성령의 사로잡힘'이라 명했다고 생각합니다. 그렇습니다." 그는 입을 닫았고 침울하게 생각에 잠겼다.

자신에게는 자기 조부에게 있었던 것과 같은 영적 부르심 같은 것은 없다는 것을 그는 분명히 깨달았다.

스스로 지친 인디오 음악도 침묵했다. 이제 창밖에서는 사람이 내는 좋은 소리만 났다.

'내가 얼마나 약해진 건지.' 알릭은 생각했다.

이 단순하고 용감한 사람은 그를 어느 정도 감동케 했다. 왜 그가 용감하다는 인상을 주었는가. 이에 대해서는 생각해 볼 필요가 있다. 아마도 스스로가 우습게 보이는 걸

두려워하지 않기 때문인지도.

"닌카는 제게 세례를 받으라고 계속 애원하고 있습니다. 울기도 하지요. 그녀는 여기에 엄청나게 큰 의미를 부여합니다. 그러나 제게는 내용 없는 형식에 불과하지요."

"뭐라고요? 지금 뭐라고 했습니까? 내게는 그녀의 동기가 매우 확신에 차 보입니다. 하지만 단지..." 그는 자신의 특권 때문에 당혹스럽다는 듯, 혼란스러워하며 손을 펼쳤다. "우리 가운데 제3자가 계심을 나는 확실히 압니다." 그는 더욱 깊이 난처해하면서 의자에서 안절부절못했다.

치명적 우울이 알릭을 덮쳤다. 그는 그 어떤 제3자의 존재도 느끼지 못했다. 그리고 이런 제3자란 옛날이야기 속에나 나오는 것 아닌가. 바보 같은 그의 닌카도 느끼고, 단순한 빅토르 사제도 느끼는 것을, 자신은 느끼지 못한다는 사실이 갑자기 커다란 괴로움으로 다가왔다. 그는 바로 이 존재의 부재를 날카롭게 느꼈는데, 존재를 느끼는 방식도 마찬가지로 그토록 날카로울지도 모르는 일이었다.

"하지만 저는 마침내 그녀를 위해 모든 준비가 되었습니다." 알릭은 죽을 것 같은 피로로 두 눈을 감았다.

빅토르 신부는 술잔 다리에 맺힌 물기를 바지에 문질러 닦고 테이블에 술잔을 내려놓았다.

"모르겠습니다, 정말 모르겠어요. 당신을 거절할 수는

없지요. 당신은 중환자이고. 그러나 지금은 뭔가가 좀 아니에요. 생각 좀 해봐야겠습니다. 함께 기도드립시다. 그게 우리가 할 수 있는..."

그는 서류 가방을 열어 사제복을 꺼내고 평상복 위에 사제복 포드라스닉을 입고, 영대 에피트라힐을 걸치고, 또 성례용 커프스인 포루치(에피마니키아)를 천천히 묶어 맸다. 고인이 된 조부가 축성한 무거운 사제 십자가에 입을 맞추고는 자기 목에 걸었다.

알릭은 눈을 감은 채로 누워 있었기 때문에 빅토르 신부가 어떻게 변했는지, 얼마나 커 보이고 나이들어 보이는지 보지 못했다. 사제는 벽에 압정으로 붙어있던 인쇄 상태가 좋지 못하고 색도 바랜 작은 블라디미르의 성모 프린트를 향해 몸을 돌린 다음, 벗어진 둥근 이마를 숙이고는 속으로 소리쳤다. '주여, 나를 도우소서, 도우소서!'

그런 순간이면 그는 늘 자신이 파리 근교의 러시아 어린이들을 위한 위탁시설 뒤편 축구장에 있던 작은 소년처럼 느껴졌다. 전쟁 기간에 그의 조부모가 운영하던 이 시설에서 그는 어린 시절을 전부 보냈다. 그는 제대로 된 골키퍼가 부족하다며 가장 어렸던 그를 보냈던, 축구장의 그 너덜너덜해진 밧줄 사각형의 골대 안쪽에 다시 서 있는 것만 같았다. 공 하나도 제대로 잡아내지 못할 것이라

는 걸 미리 다 알고는, 온통 뻣뻣하게 굳어, 큰 수치를 그
저 기다리고 있다.

08

몸집이 크고 윤기 나는 검은 수염을 가진 레바 고틀리
브는 좀 마르고 골격이 균형 잡힌 사람을 정중하게 엘리베
이터에서 내리게 했다. 수염 난 것이며 큰 키며 여러모로
레비노[31]를 닮았다. 다만 그가 왜곡된 거울에 담긴 것 같은
외모였다. 모든 것이 똑같지만 사분의 일로 줄어든 체구를
보고, 이리나는 웃다가 숨넘어갈 뻔했지만 바로 평정을 되
찾았다. 레바는 여러 사람 틈에서 그녀를 단번에 발견했고,
마치 남편 같은 태도로 그녀를 대했다.

"내가 안식일 끝에 전화한다고 말했는데도 당신 전화
는 자동응답기로 바로 돌아가고 말이야. 미리 이 주소를 적
어두었기에 망정이지."

---

31) 레바의 애칭

이리나는 손바닥으로 이마를 때렸다.

"아차! 오늘 저녁인 것을 잊고 있었네. 내일 아침이라고 생각했어!"

레바는 졌다는 듯 두 손을 들었다. 그러다 곧바로 옆에 서 있던 랍비를 떠올렸다. 그의 얼굴은 엄격함과 호기심이 동시에 깃들어 있었다. 러시아어는 단어 하나도 몰랐다.

티셔츠는 커다란 케이크 조각이 든 종이 접시를 손에 쥐고 테이블 옆에 서 있었고, 고틀리브를 찬찬히 바라보았다. 레바는 수컷 멧돼지처럼 그녀에게 돌진해 머리를 잡았다.

"야, 생쥐! 우리 생쥐!"

그는 다 자라 아가씨가 된 티셔츠의 머리에 입을 맞췄다. 그녀는 그의 집에서 오래 함께 살았고, 그는 그녀를 변기에 앉히고, 유치원에 데려다주고, 딸이라 불렀었다.

'양심도 없어, 정말. 양심도 없다니까.' 그의 돌덩이같이 큰 손아귀에서 잔뜩 긴장해서 머리를 지탱하며 마이카는 생각했다. '그때는 그를 그렇게나 그리워했지만, 지금은 아무래도 상관없어. 개새끼, 지적 장애자, 전부 다야!' 그녀는 자존심 센 머리를 약간 비틀었고, 레바는 쥐었던 손가락을 풀어 그녀를 조심스럽게 놓았다.

랍비는 복장을 갖춰 입었다. 영원히 구식으로 남을 듯한 스타일의 낡은 검은색 정복을 입고 실크 보드빌 모자를 썼는데, 새로 온 사람들은 그 위에 앉으라고 하는 것으로 여길 정도로 넓은 모자였다. 양 끝이 굴곡져 올라간 챙 밑에서 아무렇게나 삐져나와 자기만족적으로 풍성한 머릿단이 나선형으로 눕기를 거부하고 관자놀이 아래로 매달려 흔들렸다. 그는 흑백의 가면무도회 수염으로 미소 지으며 말했다. "굿 이브닝."

"레브 메나쉐이십니다. 이스라엘에서 오셨지요." 레바가 랍비를 소개했다.

바로 이때, 침실에서 문이 열리더니 땀에 젖은 분홍색 얼굴의 빅토르 신부가 사제복 포드랴스닉을 입고 별처럼 밝게 빛나는 눈으로 손님들을 향해 걸어 나왔다. 니나가 달려갔다.

"어떻게 됐어요?"

"염려할 것 없어요, 니나. 내 다시 오리다. 이렇게 합시다. 그에게 계시록을 읽어줘요."

"그는 읽었어요, 읽었고말고요. 지금 당장 하는 게 좋겠는데요." 니나가 심란해하며 말했다. 그녀는 자신의 바람이 즉시 실행되는 것에 익숙했다.

"당장 그가 바라는 건 또 한 잔의 '마르가리타'인데요." 빅토르 신부가 쑥스럽게 웃었다.

레바는 사제를 보자 이리나의 손목 위를 강하게 움켜

쥐었다.

"이거 어떻게 된 거야? 지금 장난하는 거야?"

이리나는 그의 맹렬한 시선을 느꼈고, 전에 그녀가 레바로부터 느꼈던 그의 불타오르는 욕망을 떠올렸다. 사소한 말다툼이나 모욕으로 그를 먼저 자극했을 때, 그와 최고의 사랑을 나누었던 것을 그녀는 분명하게 기억했다.

"장난하는 거 아니야, 레보치카.[32]" 미소와 당장 그의 손을 가랑이 사이에 집어넣으려는 심술궂은 충동을 동시에 억누르면서 그녀는 조용히 그의 눈을 바라보았다.

자신의 부끄러운 욕망을 증오하고 얼굴을 붉히면서 그는 그녀로부터 고개를 돌렸고 한층 더 흥분했다.

"속으로 수없이 말했어. 당신과는 상종 말아야 한다고. 항상 무슨 서커스가 되고 만다니까!" 증오로 떨리는 수염 사이로 쉬쉬 소리가 났다.

그게 아니었다. 분명한 건, 그녀는 그를 떠남으로써 그에게 큰 상처를 주었고, 그는 아무리 흔들어봐야 그녀 안에 있지도 않았던 이리나라는 음악이 계속 흘러나오기를 기대하는 헛된 희망으로 그녀에게 결혼 생활의 의무를 부과함으로써 영원히 지친 아내를 괴롭혔다는 것이었다.

---

32) 레바의 애칭

"여자도 아니야. 쐐기풀[33]이지." 레바가 호통쳤다.

레브 메나쉐는 레바를 의문스럽게 바라보았다. 그는 러시아어를 몰랐고, 러시아 이민에 대해서도 알지 못했다. 이스라엘에도 러시아 출신 유대인들은 차고 넘쳤지만, 그가 살던 제파트에는 없었다. 거긴 이민자들이 거의 정주하지 않는다.

레바는 사브라였고 그의 모국어는 히브리어[34]였다. 아람어, 아랍어, 스페인어를 읽을 줄 알았고, 칼리파 시대의 유대 이슬람 문화를 연구했다. 영어를 유창하게 말했지만, 모국어 억양이 강했다. 지금 그는 사람들이 부드럽게 얘기하는 소리를 주의 깊게 들으면서 그들에게서 아주 좋은 인상을 받았다.

용감한 닌카는 두 수염 앞에 섰다. 두 손으로 랍비를 잡고 자신의 빛나는 머리카락을 찰랑거리며 그에게 러시아어로 말했다.

"와주셔서 감사합니다. 제 남편이 당신과 이야기 나누길 무척 원해요."

레바는 히브리어로 통역했다. 랍비는 수염을 떨었고

---

33) 쐐기풀은 줄기에 가시가 있는 것이 특징인 식물

34) 한때 시리아 지방, 메소포타미아에서 기원전 500년경부터 기원후 600년 무렵까지 고대 오리엔트 지방의 국제어로 사용되었으며 셈어에 속하는 언어다. 갈릴리 지방에서 생활했던 예수가 사용한 언어이기도 하다.

눈으로 정복[35]을 벗은 빅토르 신부를 가리키며 레바에게 대답했다.

"미국에 이렇게 빨리 올 수 있는 정교회 사제가 있다니, 참으로 놀랐습니다. 유대인은 랍비를 미처 청하지 못했는데 그는 벌써 와 계시네요."

빅토르 신부는 사이가 좋지 않은 종교 소속의 동료에게 멀리서 미소 지었다. 그의 자비심에는 차별이 없었고, 전혀 원칙이 없었다. 게다가 젊은 시절 일 년 이상을 팔레스타인에서 살았기 때문에, 적절하게 간단히 답할 수 있는 정도로는 히브리어도 알았다.

"저도 초대받은 인원입니다."

레브 메나쉐는 눈썹도 꿈쩍하지 않았다. 이해하지 못했거나, 아니면 듣지 못했거나.

발렌티나는 진한 노란색 음료가 담긴 잔을 빅토르 신부의 손에 밀어넣었고, 신부는 조심스럽게 한 모금 마셨다.

레브 메나쉐는 남자들과 여자들의 벗은 팔과 다리로부터 습관적으로 눈을 돌렸다. 킬킬거리던 외국 여행객들이 관광버스에서 쏟아져 나와 성스러운 도시 제파트의 신

---

35) 포드랴스닉

비주의자들과 카발리스트들[36]이 높은 정신의 둥지로 삼는 바위 위에 섰을 때도 그는 그렇게 눈을 돌렸었다. 이십여 년 전에 그는 그 모든 것으로부터 돌아섰고 이를 후회해 본 적이 없었다. 뱃속에 열 번째 아이를 잉태하고 있는 그의 아내 게울라는 그 앞에서 지금 여기 있는 여자들처럼 이렇게 부끄러운 줄 모르고 다 벗고 있은 적이 전혀 없었다.

'바루흐 아타 아도나이...'[37] 습관대로 그는 속으로 축사를 시작했는데, 그 의미는 전능자, 그의 백성인 유대인의 창조자께 감사를 전하는 것이었다.

"우선 뭐라도 좀 드시겠어요?" 니나가 제안했다.

레바는 손짓으로 놀람과 감사와 거절을 한 번에 전했다.

알릭은 눈을 감은 채로 누워 있었다. 눈꺼풀 안쪽에서 광택 없는 검은색을 배경으로 밝은 황녹색 실이, 눈에 띄는 패턴을 계속 바꿔가며 만들어내면서 리듬감 있게 꼬여 있었다. 그러나 그동안 카펫 위에 새겨진 고대 문자를 공부해 왔던 알릭조차도 이 움직이는 패턴을 구성하고 있는 기본적인 요소를 어떻게도 알아낼 수 없었다.

"알릭, 손님이 오셨어." 니나는 그의 머리를 들어올렸

---

36) 카발라는 유대교 신비주의 사상이다. 히브리어 키벨에서 온 말로, '전래된 지혜와 믿음'을 가리킨다. 학자인 게르솜 숄렘과 마르틴 부버는 유대교를 카발라의 대중화로 간주했다.

37) 찬양하나이다 당신은 주, 우리의 하나님이시고

고 목에 젖은 수건을 댄 다음 가슴을 닦았다. 그런 다음 그에게서 오렌지색 침대 시트를 벗겨서는 그의 편평하고 벗은 몸 위로 펄럭거리며 잡아당겼다. 레브 메나쉐는 이 총체적인 미국식 뻔뻔함에 다시 한번 놀랐다.

그들은 벌거벗음이라는 게 무엇인지 전혀 이해하지 못하는 것 같았다. 그리고 그는 습관적으로 이 단어가 최초로 언급된 곳, 그 근원에 생각을 집중했다.

'두 사람이(그 남자와 그의 아내가) 둘 다 벌거벗었으나 부끄러워하지 아니하더라.' 베레쉬트[38] 2장이다. 이 자녀들은 어디에 있는가? 왜 그들은 부끄럽지 아니한가? 그들은 죄 있다 여겨지지 않았다. 바꿔 말하면, 그들은 흠 없는 존재였다. 우리는 그 책을 읽는 능력을 잃어버린 것일까? 아니면 그 책은 그것을 다르게 읽을 수 있는 사람들만을 위해 쓰인 것일까?

니나는 알릭의 무릎을 세워 한데 모았지만, 다리는 곧 어색하게 무너져내렸다.

"내버려 둬. 그냥 내버려 둬." 눈도 뜨지 않고 마지막 패턴의 꼬임을 보면서 알릭이 말했다.

니나는 그의 무릎 아래 베개를 밀어 넣었다.

"고마워. 니노치카, 고마워." 그는 이렇게 대답하고

---

38) 토라의 맨 처음 단어이자 맨 처음 책의 제목이기도 하다. 창세기에 해당한다.

눈을 떴다.

검은 옷을 입은 키 크고 마른 사람이, 빛나는 검은 모자챙이 왼쪽 어깨에 거의 닿을 정도로 머리를 한쪽으로 기울이고는 기대에 찬 표정으로 그 앞에 서 있다.

"두유 스피크 잉글리시, 돈 츄?"

"아이 두." 알릭은 웃으며 말하고는 니나에게 윙크했다.

그녀가 나갔고 그녀를 따라 레바도 나갔다.

랍비는 사제 엉덩이의 온기가 아직 남아있는 등받이 없는 의자에 앉았고, 잠시 망설이더니 먼지투성이 모자를 알릭의 침대 끝에 놓았다. 그가 자세를 굽혀 몸을 반으로 접자, 뾰족한 무릎 위로 수염이 놓였다. 그는 끈이 없고 고무 창이 달린 낡은 구두를 신은 커다란 발을 발가락끼리는 서로 모으고 두 뒤꿈치는 서로 떨어뜨린 채로 놓았다. 그는 진지했고 정신을 집중했다. 보이지 않는 핀으로 정수리에 고정된 작고 까만 키파[39]가 희끗희끗 희어가는 검은 머리카락의 탄력 있는 반구(半球)를 덮었다.

"랍비님, 말씀드리자면, 저는 죽어가고 있습니다." 알릭이 말했다.

랍비는 목을 고르고는 움추린 긴 발가락을 약간 움직였다. 그는 죽음에 특별한 관심이 없었다.

---

39) 유대인 남자가 쓰는 챙 없는 모자

"아시겠지만, 제 아내는 정교 신자이고 제가 세례받기를 원합니다. 정교를 받아들이라는 것이지요." 알릭은 이렇게 밝히고는 곧 침묵했다. 그는 이야기하기가 점점 더 어려웠다. 그는 이제 이 모든 게임이 전혀 기쁘지 않았다.

랍비도 침묵하면서 자기 손가락을 쓰다듬었다. 잠시 후 그가 물었다.

"그런 어리석음이 어떻게 당신의 머릿속으로 들어왔습니까?" 어리석음에도 종류가 많으니 완전히 딱 맞는 영어식 표현을 사용하지는 못한 셈이었고, 그는 단어를 하나 덧붙임으로써 자기 생각을 명확히 했다. "부조리 말입니다."

"헬라인들에게나 부조리지요. 유대인들에게는 유혹 아닙니까?"[40] 반응의 우아함과 신속함은 알릭을 저버리지 않았다. 비록 둔한 마비로 몸은 대부분 감각을 멈췄고 최근엔 얼굴에만 겨우 감각이 남아있을 뿐이었지만.

"당신은 왜 랍비가 당신 사도들의 텍스트를 알아야 한다고 생각합니까?" 메나쉐의 기쁨에 찬 눈이 밝게 번쩍였다.

"뭐든 랍비가 알지 못하는 그런 것이 정말 있기나 합니까?" 알릭이 받아쳤다.

그들은 서로에게 질문을 주고받았다. 유대 우화에서 보여주는 것과 같은 답은 얻지 못한 채였지만, 응당 예상되

---

40) 그리스인

는 그림보다는 서로를 훨씬 더 잘 이해했다. 그들은 성장배경에서도 삶의 경험에서도 공통점이 전혀 없었다. 먹는 음식도 달랐고 말하는 언어도 달랐고 읽는 책도 달랐다. 둘 다 교육받은 사람들이었지만, 그들이 지닌 일반 지식의 범위는 교차 지점이 거의 없었다. 알릭은 칼람에 대해서도, 사디아 가온에 대해서도 전혀 아는 바가 없었는데, 레브 메나쉐는 무슬림 이론 신학인 칼람을 이십 년이나 면밀하게 연구해왔고, 사디아 가온의 저작은 그 기간 내내 숱하게 주석을 달아왔다. 반면, 레브 메나쉐는 말레비치나 키리코에 대해서는 들어본 적도 없었다.

"랍비 말고 또 누구 조언을 들을 사람이 있긴 있습니까?" 레브 메나쉐가 자부심 강하고 유머러스하면서도 겸손하게 물었다.

"유대인이면 죽음을 앞두고 랍비에게 조언을 구할 수 있는 것 아닙니까?"

이 장난 섞인 대화에서 모든 것은 표면 아래 심층에 있었고, 둘 다 이것을 잘 알고 있어서 바보 같은 질문들을 던지면서도 그들은, 사람들이 소통할 때 닿게 되는 핵심적인 지점에, 지워지지 않는 흔적을 남기는 접촉에 다다랐다.

"아내에게 미안합니다. 자꾸 울어요. 어떻게 해야 할까요, 랍비님?" 알릭이 한숨을 내쉬었다.

랍비는 웃음을 거두었다. 이제 그 순간이 왔다.

"아일릭![41]" 그는 콧날을 문지르고는 큰 구두를 들썩거렸다. "아일릭! 나는 어디로도 떠나지 않고 거의 평생을 이스라엘에서 살았습니다. 미국엔 난생처음 온 것입니다. 석달 되었어요. 너무 충격적이에요. 나는 철학을 공부합니다. 유대 철학이지요. 이건 매우 특별한 일입니다. 유대인의 기본은 토라에 있습니다. 만약 그가 토라를 익히지 않으면, 그는 유대인이 아닙니다. 우리에게는 고대로부터 '포로가 된 아이들[42]'이라는 개념이 있습니다. 만일 유대인 아이들이 포로로 잡혀 토라를 잃게 되면, 그들은 이 불행에 대해 죄가 없습니다. 그들은 심지어 이것을 알아차리지 못할 수 있습니다. 그러나 유대 세계는 스스로에 이 고아들을 돌볼 의무를 지웁니다. 이 아이들이 나이 들어도 마찬가지입니다.

여기 미국에서 나는 '포로가 된 아이들'로 가득한 세상을 보았습니다. 유대인 수백만이 이교도에게 포로로 붙잡혀 있습니다. 유대인의 역사는 이런 시대를 알지 못합니다. 늘 배교자는 있었고 강압적으로 세례받는 이들도 있었고, 또 '포로가 된 아이들'이 바벨론 시대에만 있었던 것도 아니지요. 그러나 지금, 이 이십 세기에는 진정한 유대인들보

---

41) 랍비는 알릭의 이름을 영어식으로 부르고 있다.

42) 히브리어 티녹 쉐니쉬바, 탈무드 용어로 유대교 사상과 실천에 대한 존중 없이 자란 결과 죄악에 빠질 수밖에 없게 된 유대인을 가리키는 말

다 '포로가 된 아이들'이 더욱 많아졌습니다. 이것은 역사의 과정이지요. 그리고 이것이 과정이라면, 거기엔 전능자의 의지가 있는 겁니다. 나는 늘 이것을 생각합니다. 그리고 앞으로도 더 오랫동안 생각할 겁니다.

그리고 당신은 세례를 말하고 있어요! 이젠 '포로가 된 아이들' 범주에서 배교자 범주로 옮겨가겠다고 말하고 있는 겁니까? 다른 면에서 보자면, 당신을 배교자로 부를 수는 없을지도 모릅니다. 엄밀히 말해 당신은 유대인이 아니기 때문입니다. 후자는 전자보다 더 나쁘죠. 더 무슨 말을 하겠습니까. 그래도 다른 측면에서 한마디 덧붙이자면, 나는 선택이라는 것을 해본 적이 없습니다."

'재밌군, 이 사람에게 선택이란 게 없었다니. 왜 내게는 선택이란 게 있었던 거야, 개좆같네.' 알릭은 생각했다.

"나는 유대인으로 태어났습니다." 메나쉐는 자신의 덥수룩한 구레나룻을 떨었다. "나는 맨 처음부터 그랬고 마지막까지 그럴 것입니다. 나에겐 힘든 일이 아닙니다. 당신에겐 선택이 있죠. 당신은 아무도 아니게 될 수 있습니다. 내가 이해하기로는 이교도가 되는 것이겠지만요. 아니면 유대인이 될 수 있을지도 모릅니다. 당신에겐 이를 위한 큰 토대가 있지요. 혈통입니다. 또는 기독교인이 될 수도 있겠지요. 내 생각에 이들은 유대인의 식탁에서 떨어진 부스러기를 취하는 자들이죠. 이 부스러기가 좋다 나쁘다 말할 생각은 없지만, 역사가 이 부스러기에 갖다 붙인 양념은 완전히 의심스러운 것이라는 것만 말씀드리죠. 그러나 좀 더 솔직하게 말한다면, 전능자의 다른 위격(位格)으로 이해되는 예수의 희생이라는 기독교적 개념은 이교도에 가장 큰 승리를 가져다주는 것 아닙니까?"

그는 붉은 입술을 깨물었고, 다시 한번 알릭을 주의 깊게 바라보고는 하던 말을 마치려 입을 열었다.

"내 생각에 당신은 '포로가 된' 상태로 남아있는 편이 좋겠습니다. 단언컨대, 여자가 아니라 남자가 결정해야 하는 것들도 있는 겁니다. 당신에게 달리 해줄 말이 없군요."

불편한 의자에서 일어나자 레브 메나쉐는 갑자기 현기증을 느꼈다. 그는 누워 있는 알릭 위로 자신의 큰 키를 굽히고는 작별하려 했다.

"피곤해 보입니다. 쉬십시오."

그는 무슨 말인가 중얼거렸는데 알릭은 이미 알아듣지 못했다. 그들은 다른 언어를 썼다.

"레브 메나쉐, 잠깐만요, 당신과 함께 이별주를 한잔하고 싶은데요." 알릭이 그를 멈춰 세웠다.

리빈과 루디가 알릭을 작업실로 들고 가서 안락의자에 그를 앉혔다. 더 정확히 말한다면, 그를 놓았다.

'너무 약해.' 빅토르 신부가 생각했다. '기적이 가까웠어. 부르짖어야 해. 지붕을 뜯어야 해.[43) 주여, 왜 우리에겐 그런 일이 일어나지 않습니까?'

왜 그런지 이유를 알기 때문에, 그는 더욱 큰 슬픔을 느꼈다.

레바는 랍비를 즉시 데리고 나가고 싶었다. 그러나 닌카가 다가와 한 잔을 권했다.

레바는 단호하게 거절했지만, 랍비가 무언가를 얘기하자, 그는 니나에게 물었다.

"혹시 보드카와 종이컵이 좀 있습니까?"

"있어요." 니나가 놀라면서 말했다.

"그럼 종이컵에 좀 따라주세요." 그는 부탁했다.

길에서 쓰레기 냄새가 실려 오듯 음악 소리가 실려 왔다. 게다가 날이 매우 뜨거웠다. 밤에도 잦아들지 않는 뉴욕의 열기는 저녁이 되면서 자극을 더욱 강화했고, 이런 날씨에는 많은 이들이 불면증에 시달렸는데 특히 이 도시에 새로 온 사람들일수록 더욱 그랬다. 몸이 다른 온도 체계에 익숙한 사람들이기 때문이다. 더위에 익숙하고 잘 견디는 편이었음에도 랍비 또한 마찬가지였다. 이스라엘에서는,

---

43) 복음서에 믿음으로 병자를 낫게 하려 지붕을 뜯고 구멍을 내 예수께 데려가 기적을 만난 이야기를 가리킴.

최소한 그가 최근까지 살았던 그곳에서는, 낮의 열기가 밤의 서늘함으로 바뀌면서 적어도 밤에는 사람들이 낮 동안 괴롭히던 태양의 압박으로부터 쉴 수 있었다.

닌카는 종이컵을 두 개 가져와 수염 난 남자들에게 전해주었다.

"지금 학교까지 모셔다드리겠습니다." 레바가 랍비에게 말했다.

"급하지 않아요." 그는 숨 막히는 기숙사 방과 잠 못 들고 뒤척이는 많은 시간을 떠올리고는 이렇게 말했다.

알릭은 안락의자에 뻗어있었고 그 주위에서 친구들이 마치 자기들끼리인 듯, 소리치고 웃고 마셨다. 그러나 모두 신경이 온통 그에게 쏠려 있었고 그도 이를 느끼고 있었다. 그는 삶의 일상성을 즐겼고, 사는 내내 형태와 색의 신기루를 좇는 사냥꾼이었는데, 그의 집을 방문하는 사람들이 제대로 된 식탁 하나 없고 떼어진 상판을 염소상 위에 걸쳐놓았을 뿐인 이 작업실에서, 와인과 즐거움과 선량한 관계로 하나가 되는 이 무의미한 파티보다 더 멋진 건 자신의 삶에 없었음을 그는 이제 깨닫게 되었다.

레바는 랍비와 함께 흔들의자에 앉았다. 알릭이 이곳에 정착하던 그때, 이 구역 쓰레기장은 아주 훌륭했다. 안락의자, 의자, 소파, 이 모든 것을 다 거기서 가져왔다. 레바와 메나쉐 맞은편에는 알릭이 그린 커다란 그림이 걸려 있었다. 창문 세 개와 흰 천이 덮인 식탁이 있는, 최후의 만찬의 방이었다. 식탁 주변에는 아무도 없고, 대신 식탁 위에 커다란 석류 열두 개가 놓였는데 세부 묘사가 섬세하게 이루어졌다. 표면은 울퉁불퉁하고, 자주색과 진홍색, 분홍색의 색조가 세세하게 흘러넘치고, 이빨 자국 모양의 비대한 왕관이 있고, 생생하게 움푹 들어간 곳에는 내부 칸막이 구조 사이로 알맹이가 가득 찼다. 세 개의 창 너머에는 성스러운 땅이 있다. 레오나르도 다 빈치의 묘사에 있는 모습이 아니라 요즘 풍경이다.

그림 애호가도 아니고 그림 전문가도 아닌데, 랍비는 그림을 빤히 쳐다보았다. 처음에 그는 석류를 보았다. 어떤 열매가 하와를 유혹했나 하는 것은 오랜 논쟁거리였다. 사과나 석류 아니면 복숭아였다. 그림에서 묘사된 장소는 그도 잘 아는 곳이었다. '방'이라고 불리는 이곳은 구도시 다윗왕의 무덤 바로 위에 있었다.

'어찌되었든, 그림에서는 순수한 유대인의 순결을 이야기하고 있어.' 그는 그림을 보며 생각했다. '그는 사람을 석류로 대체했어. 바로 거기에 초점이 있지. 불쌍한 사람...' 그는 슬픔에 젖어 생각했다.

그는 진정한 이스라엘 사람이었고, 건국 선언 이후 이

틀째 되는 날 태어났다. 조부는 시오니스트[44]이자 초기 집단농장 중 하나의 창설자였고, 아버지는 하가나[45]였으며, 랍비 자신은 싸울 줄도 알았고 땅을 팔 줄도 알았다. 그는 구도시 성벽 아래 몬테피오레 풍차 옆에서 태어났고, 그가 본 것으로 기억하는 최초의 창문 밖 풍경은 시온 게이트 풍경이었다.

탱크를 따라 이 성벽 안으로 처음 들어왔을 때 그는 스무 살이었다. 여전히 타는 냄새와 쇠 냄새가 났다. 그는 온 구도시 구석구석을 돌아다니면서 아랍 거리의 모든 미로와 기독교인 구역, 아르메니아 구역의 모든 지붕을 조사했다. 그에게 예루살렘의 기독교 성지는, 유대교 성지 대부분과 마찬가지로 의심스러워 보였다. 최후의 만찬의 방은 특별히 더 불신을 불러일으켰다. 이 비밀스러운 유월절 회동이 위대한 왕의 유골 위에서 이루어졌을 것 같지는 않았다. 무엇보다, 다윗왕의 무덤에도 불신이 일었다. 그가 그토록 사랑했던, 희끗희끗한 돌과 요동치는 빛이며 뜨거운 공기로 이루어진 이 놀라운 세계는 역사적, 고고학적 부자연스러움으로 가득했다. 이는 책으로 된 지혜의 세계와는 달랐다. 그 세계는 근사치나 변칙성 없이 수정처럼 투명한 정확성

---

44) 유대민족주의자
45) 이스라엘 방위군 이전에 존재했던 유대인의 지하 무장 조직

과 위로 향하는 이성적 상승과 지극한 아름다움에 이르는 역설적이면서도 논리적인 고리로 구성되어 있지 않은가.

이 땅이 그에게 어떤 의미인지, 그는 이스라엘을 떠나고서야 처음으로 깨달았다. 당시 그는 젊었고, 대학을 졸업했으며, 독일로 건너가 철학을 공부했다. 일 년 동안 학업에 집중해 성공적인 결과를 이룬 후, 그는 삶의 기반으로부터 유리된 유럽 철학에 완전히 관심을 잃었다. 그는 삶의 기반이 오로지 토라에만 있다고 보았다. 그렇게 그의 길지 않은 제도권 교육 기간은 끝이 났고, 그는 삼십 대 후반에 유대 학문, 말하자면 신학이라는 전통적인 길로 들어섰다.

이와 동시에 그는 말수가 적은 여자와 결혼했는데, 그녀는 결혼식 전날 뻣뻣하고 굽이치는 자신의 붉은 곱슬머리를 밀어버렸다. 그때부터 그는, 모든 세부 사항이 시계처럼 정확하게 조절되는 일상이, 선생과 학생으로서 동시에 부과되는 엄청난 지적 중압감과 만나 생기는 조화로움을 즐겼다.

그의 세계는 완전히 변했다. 사람들이 대부분 라디오, 텔레비전, 세속 인쇄물을 통해 얻는 정보가 그에게서 완전히 사라졌고, 대신 그는 유대인의 정신적 유산을 물려받고자 하는 사람들을 위해 차려진 식탁인 '슐한 아루흐'의 양식을 얻었고, 많은 아이의 찍찍거리는 울음소리를 얻었다.

오 년 후에 그는 사디아의 다니엘서 주석과 역대기 주석[46] 주석의 문체 차이를 연구한 첫 책을 냈고, 그로부터 이년 후엔 제파트로 이사했다.

그의 세계는 성경적으로는 단순했고 탈무드적으로는 복잡했지만 모든 단면은 서로 일치했고, 중세 문헌들을 다루는 일상적 작업은 흘러가는 시간에 영원의 그늘을 드리웠다. 산기슭 아래로 갈릴리 호수가 빛났고, 바로 여기서 그는 전능자에게 깊은 감사를 느꼈다. 기독교인은 분명 바리새적이라 할 테지만, 그는 섬김과 앎이라는 기쁜 의무를 부여하심에 감사했고, 그 땅의 신성함에 감사했다. 이 땅은 많은 이들에겐 기껏해야 불결한 동방의 변방 국가일 뿐이겠지만, 그에게는 의심할 여지 없이 세상의 중심이었다. 고유한 역사와 문화를 지닌 다른 모든 국가는 이 땅과의 관계에서 단지 비평 대상일 따름이었다.

정복을 벗은 사제가 모인 손님들 사이를 헤치고 앞으로 걸어갔다.

"유대 연구 강의차 이스라엘에서 오셨다고 하셨죠?" 교과서 영어로 그가 물었다.

메나쉐가 일어섰다. 그는 사제와 대화해 본 적이 없었다.

"그렇습니다. 현재 유대인 대학에서 가르치고 있습니

---

46) 디브레이 하야민

다. 유대-이슬람 문화에 대한 강의입니다."

"거기 뛰어난 강의가 있지요. 제가 언젠가 그 대학에서 출판된 성경적 고고학 강의를 엮은 책을 읽었어요." 사제가 기쁨으로 활짝 웃었다. "그러면 현대세계라는 맥락에서 당신의 유대-이슬람 주제는 아마도 매우 교묘한 상충관계에 있겠군요?"

"상충관계요?" 레브 메나쉐는 바로 이해하지 못했다. "아니에요, 아닙니다. 나는 정치적 병렬에는 관심이 없습니다. 나는 철학을 연구합니다." 랍비가 동요했다.

알릭은 발렌티나를 자신에게 오라고 불렀다.

"발렌티나, 저 두 분 정신 놓치지 않는지 잘 지켜봐."

살갗이 분홍빛이고 뚱뚱한 발렌티나는 종이컵 세 개를 가슴 쪽에 끌어안고 와서는 레바 앞에 내려놓았다.

셋은 사이좋게 마셨고, 몇 분 후 머리를 맞대고 수염을 까딱거렸고 머리를 흔드는 몸짓을 했다. 이에 매우 만족스러워진 알릭은 눈으로 그들을 가리키면서 리빈에게 말했다.

"내가 오늘 아무래도 살라딘[47] 역할을 제대로 한 것 같아."

---

47) 12세기경 티크리트 출신의 쿠르드족 무슬림 장군이자 전사이자 이집트, 시리아의 술탄. 3차 십자군 원정에 맞서 이슬람을 이끌었고 예루살렘을 회복했다. 서양에서는 살라딘이라는 이름으로 유명하지만, 본명은 유수프였다. 지도력과 군사적 역량으로 무슬림과 기독교계 모두에게 알려졌으며, 십자군과 맞서 전쟁을 치를 당시에 탐욕스럽고 무자비했던 십자군의 군주들에 비해 온건하고 약속을 잘 지키는 자비로운 군주로 덕망이 높았다. 살라딘이라는 이름은 아랍어로 '정의와 신념'을 의미하는 '살라흐 앗 딘'에서 나왔다.

발렌티나는 눈을 돌려 리빈을 찾았고 부엌 쪽으로 고개를 끄덕였다. 잠시 후엔 그를 구석으로 밀어붙였다.

"그녀한테 물어볼 수가 없어. 당신이 좀 물어봐."

"그래, 당신이 못하니 내 일이다?" 리빈은 기분이 상했다.

"그럼 어떡해. 한 달 치라도 빨리 돈을 내야 한다고."

"얼마 전에도 물었잖아."

"그랬지, 불과 한 달 전이지." 발렌티나가 어깨를 으쓱했다. "내가 왜 다른 사람들보다 더 내야 해? 지난달 전화비도 내가 냈다고. 장거리 전화도 여러 건이었는데, 닌카는 취하면 전화로 말이 많다고."

"그녀는 얼마 전에도 냈어." 리빈이 말했다.

"그럼 좋아, 다른 사람 아무한테라도 물어봐. 파이카 어때?"

리빈은 웃음이 났다. 파이카는 빚으로 제 코가 석 자였고, 여기 있는 사람 중 그녀에게 십 불이라도 돈을 빌려주지 않은 사람이 없을 정도였다. 리빈에겐 이리나한테 가는 것밖에 다른 도리가 없었다.

돈과 관련해서 상황은 그냥 나쁜 게 아니라 재앙이라 할 수 있었다. 알릭은 발병 전 몇 년간 그림을 거의 팔지 못했고, 작업도 갤러리 주인 상대도 멈춘 지금은 수입이 아예 없었다. 오히려 수입보다 지출이 많은 적자 상태였다. 빚은 늘어났다. 아파트 월세나 전화 사용료 같이 갚아야만 하는 빚이 있었고 의료비처럼 절대 갚을 수 없을 빚이 있었다.

벌써 몇 년째 이어지는 기분 나쁜 일이 하나 더 있었다. 알릭에게 전시회를 열어주던 워싱턴의 갤러리 주인 두명이 작품 열두 점을 돌려주지 않고 있었다. 알릭 자신에게도 일정 부분 책임이 있었다. 만일 그가 미리 약속한 대로 전시회 마지막 날에 갔다면, 그래서 다 수거해 왔다면, 이런 일은 일어나지 않았을 것이다. 그러나 이 전시회로 작품 세 점이 판매된 것을 미리 자축하면서—이 소식은 갤러리 주인들이 그에게 알렸다—돈을 빌려 닌카와 함께 자메이카로 떠나느라, 그는 전시회 마지막 날 가서 정리하지 못했다. 돌아오자마자 바로 찾으러 가지도 않았다. 그러나 작품 판매 대금이 어쩐 일인지 들어오질 않았고, 이유를 알아보려 그는 워싱턴에 연락했다. 그들은 일단 그림이 되돌아왔다고 말하면서 그에게 도대체 어디 있었던 거냐고 물은 다음, 갤러리에는 보관할 여유 공간이 없는 관계로 작품을 별도의 보관소에 맡길 수밖에 없었다고 말했다. 이건 순전히 거짓말이었다.

알릭은 이리나에게 도움을 요청했다. 또 다른 사실도 드러났다. 알릭은 계약서를 작성하면서 갤러리 주인들에게 복제품을 맡겼는데, 이제는 그들이 그의 실수를 이용해 매우 대담하게 행동했고, 이리나는 이런 상황에서 할 수 있는 일이 거의 아무것도 없었다. 그녀가 가지고 있는 것은 전시회에 대한 광고를 넣어 갤러리가 만든 카탈로그뿐이었는데, 거기 실린 그림 중 하나가 복제품이었다. 하필 그들이 팔렸다고 알려왔던 바로 그 그림이었다. 이리나는 갤러리를 고소하는 절차에 착수했고, 사건이 삐걱거리면서 질질 끄는 동안, 그녀는 오천 불짜리 수표를 자기 돈으로 만들어 알릭에게 주었다. 알릭에게는 소송에서 이겼다고 하고. 그녀는 실제로 이 돈을 받아낼 수 있다는 희망을 내려놓지 않았다.

지난 초겨울 일어난 일이었다. 그녀가 수표를 가져왔을 때, 알릭은 매우 기뻐했다.

"그저 말문이 막히는군. 뭐라 감사의 말을 전해야 할지. 이제 월세를 내고 마침내 닌카에게 모피코트를 사줄 수 있겠어."

이리나는 화가 치밀었다. 모피코트나 사라고 그녀가 자기 피 같은 돈을 준 게 아니었다. 그러나 결국 그 돈의 절반은 모피코트로 사라져버렸다. 알릭과 닌카는 늘 그런 식이었다. 값싼 물건은 좋아하지 않았다.

'빌어먹을 보헤미안들 같으니.' 이리나는 분개했다. '길바닥에 나앉아봐야 정신을 차리려나.'

뜨거운 숨을 훅하고 내쉰 다음, 그녀는 결심했다. 도움은 주되, 즉각적인 필요를 채울 크지 않은 액수로만 돕겠다고. 결과적으로 그녀는 미혼모였다. 그리고 그들이 생각하는 것처럼 그렇게 부자도 아니었다. 이만한 돈 벌어먹기가 얼마나 힘든지에 대해 굳이 말하진 않았어도.

리빈이 다가왔을 때, 그녀는 이미 수표책을 꺼내 들고 있었다. 작은 액수는 시간이 지남에 따라 마치 어린아이들이 자라듯 눈에 띄지 않게 자라났다.

09

수염 기른 남자들은 길거리로 나섰다. 고틀리브는 전혀 취기가 오르지 않았지만, 차를 어디다 세웠는지는 까맣게 잊어버렸다. 차가 있으리라 기대했던 장소에 엉덩이가 긴 남의 차 '폰티악'이 서 있었다.

"끌어갔네, 끌어갔어!" 빅토르 신부가 아이처럼 사람 좋게 웃었다.

"여기 차 세울 수 있는 덴데, 왜 견인해 갔을까요?" 고틀리브가 짜증스럽게 말했다. "여기 계세요, 저는 모퉁이 너머도 좀 보고 올게요."

랍비는 자기를 싣고 갈 차에 대해 어떠한 관심도 표하지 않았다. 그보다는 야구모자를 쓴 이 웃긴 사람이 하는 말에 더 관심이 있었다.

"허락해 주시면 계속해 보겠습니다." 빅토르 신부는 이 특별한 대화 상대와 자신의 의견을 나누려 서둘렀다. "첫 번째 실험은 성공적이었다고 말할 수 있습니다. 디아스포라는 전 세계에 특별히 이로운 것이었습니다. 물론 당신도 거기서 여분을 거두었지요. 하지만 얼마나 많은 유대인이 전 세계 여러 나라의 학문과 문화에 용해되고 동화되었습니까. 어떤 면에서 저는 유대적인 것을 사랑합니다. 무엇보다, 모든 정상적인 기독교인은 선택된 백성을 존중합니다. 유대인들이 모든 문화, 모든 민족에 그들의 소중한 피를 쏟는 것이 매우 중요하다는 것을 아실 텐데요, 이를 표본 삼아 무엇이 생길까요? 새로운 발전 단계로 나아가는 세계의 변화입니다! 러시아인도 자신의 게토에서 벗어났고 중국인들도 그렇지요. 한번 보세요. 자, 여기 젊은 중국계 미국인들이 있습니다. 그들 중에는 뛰어난 수학자들과 위대한 음악가들이 있지요. 더 가볼까요, 혼합 결혼입니다![48] 제가 무슨 말을 하는 건지 이해하십니까? 새로운 민족의 탄생입니다!"

랍비는 상대방이 의미하는 바를 잘 이해하고 있는 듯했지만, 이에 대한 자기 생각을 전혀 내보이지 않고 입술을 살짝 깨물었다.

---

48) 다른 종족, 종교 간의 결혼

'잔이 세 개였나, 네 개였나?' 그는 기억해내려고 애썼다. 그러나 그게 몇 개였건 간에 충분히 많았다.

"이제 그들은 새로운 시대를 열었습니다. 유대인도 아니고 그리스인도 아니고, 가장 직접적으로, 가장 직접적인 의미에서도 또한..." 사제는 기뻐했다.

랍비는 멈춰서서 그에게 손가락으로 경고했다.

"그것이군요, 당신에게 가장 중요한 것은. 유대인이 아니라..."

고틀리브가 차를 끌고 다가와 문을 열고 랍비를 태운 다음, 빅토르 신부를 극심한 굴욕감에 젖도록 길에 홀로 남겨두고 최고 수준으로 무례하게 떠나버렸다.

"봐, 어떻게 말을 이렇게 뒤틀어버리는지, 내가 말하려던 건 그런 게 전혀 아닌데..."

10

손님들은 흩어졌다기보다는 녹아 없어졌다. 몇몇은 남아 카펫 위에서 잠들었다. 바로 이 카펫 위에서 니나도 잤다. 그 밤은 발렌티나의 것이었다. 손님들이 떠나자마자 알릭은 바로 잠들었고, 발렌티나는 그의 다리에 몸을 기대었다. 그녀는 잘 수 있을 것 같았지만 어쩐 일인지 잠이 오질 않았다. 근래 알코올이 자기 몸에서 이상하게 반응한다는 걸 알아차린 지 좀 되었다. 잠을 쫓아버린다는 것이었다.

발렌티나는 1981년 11월에 미국에 왔다. 나이는 스물여덟, 키는 165cm, 몸무게는 85kg이었다. 아직 파운드 단위로 무게를 잴 줄도 몰랐다. 그때 그녀는 털실 자수가 놓인 수제 직물로 만든 검은 허츨 코트를 입고 있었다. 체크

---

49) Hutsuls. 우크라이나 서부와 루마니아 거주 민족

무늬 천으로 된 여행 가방에는 작성은 끝냈으나 심사 기회가 없으니 이제는 쓸모없게 된 학위 논문, 19세기 말 볼로그다 농민 전통 의상 세트, 반입이 금지된 안토노프 사과세 개가 들어있었다. 진한 사과향이 허접한 여행 가방을 뚫고 배어 나왔다. 사과는 미국인 남편을 위한 것이었는데, 어쩐 일인지 그는 그녀를 마중 나오지 않았다.

일주일 후 출발하는 뉴욕행 비행기 표를 끊고서 발렌티나는 그에게 전화 걸어 도착 날짜를 알렸다. 그는 기뻐하는 듯 보였고 마중 나오겠다고 약속했다. 위장 결혼이었지만 그들은 진짜 친구 사이였다. 미키는 일년간 러시아에 살면서 1930년대 소비에트 영화에 대한 자료를 수집했고, 그를 모욕하고 강탈하고 질투의 고통으로 몰아넣은 작은 괴물과의 힘겨운 연애를 견뎠다.

발렌티나와 그는 당시 유행하던 인문학 학교에서 만났다. 발렌티나는 그를 자기 집에 머물게 했고, 발레리안 시럽[50]을 마시게 했고, 펠메니[51]를 먹였고 마침내 논란의 여지 없이 그것이 자신의 천성이라는 사실에 짓눌린 동성애자의 압도적인 고백을 접수했다. 키가 크고 병약해 보이는 미키는 울면서 정신분석학적 자기 해석과 함께 자신의 비

---

50) 꽃이 달린 식물인 발레리안 뿌리 추출물로 만듦. 진정 및 불안 완화 효과가 있다고 알려져 있고 수면 촉진을 위해 널리 이용됨

51) 시베리아에 기원을 둔 러시아 만두

통함을 발렌티나에 쏟아놓았다. 발렌티나는 자연의 변덕스러움에 대한 동정 어린 놀라움이 오랫동안 가시질 않았고, 두 시간에 걸친 그의 독백을 잠시 멈추게 하고서 그에게 단도직입적으로 물었다.

"그럼 너 여자와는 한 번도...?"

그리 간단하게 말할 수가 없는 것이, 한 달 반 동안 미키네 집에 손님으로 와서 지내고 있던 열일곱 살 난 사촌 누나는 당시 열네 살이던 미키를 애무로 쥐어뜯고는 그를 지칠 대로 지친 동정과 씻을 수 없는 죄 사이에 남겨둔 채 코네티컷의 자기 집으로 돌아가 버렸던 것이다.

그의 이야기는 지나치게 문학적으로 보였다. 근접 묘사적 세부 사항으로 가득한 이 방대하고 감정적인 이야기의 끝자락에서 결국 지쳐버린 발렌티나는 속이 꽉 찬 대추야자 같이 돋보이는 자신의 젖꼭지 위에 그의 가녀린 두 손바닥을 올려놓고는 별 어려움 없이 그에게 폭력을 가했는데, 오히려 그는 이로써 온전한 만족감에 젖었다.

이 사건은 미키의 인생사에서 다시 없는 유일한 일이었지만, 그들의 관계는 이때부터 드물게 친밀한 우정의 색조를 띠게 되었다.

그때 즈음 발렌티나는 사랑하는 사람의 경악하리만치 교활한 배신으로 엄청난 정신적 위기를 겪고 있었다. 그는 이름난 반체제 인사였는데 수감생활도 견뎌냈고 걸어 다니는 영웅이랄 정도로 흠잡을 데 없이 정직하고 용감한 사람으로 통했다. 그러나 그는 아래위로 따로따로인, 즉, 위쪽의 품격 높은 사람과 아래쪽의 몹쓸 사람을 하나로 꿰매놓은 것 같았다. 여자들에게 그는 탐욕스러웠고 난잡했으며, 그들 모두를 철저히 이용했다. 극단적인 반(反) 소비에트 성향을 지닌 많은 미녀 여자친구들은 그의 떠남을 애도했고, 두셋의 혼외 자녀들은 젊었을 적 아버지에 대한 탁월한 전설에 힘입어 평생을 살아갈 운명이었다.

결과적으로 그는 아름다운 데다 부유하기까지 한 이탈리아 여자와 결혼해 영웅으로서 러시아를 떠났고, KGB 꼬리표와 통과되지 못한 학위 논문과 함께 발렌티나는 러시아에 남겨졌다.

이 관대한 미키가 그녀에게 제안한 것이 바로 그들이 결국 하게 된 위장 결혼이다. 그들은 결혼했고, 어느 정도 격식을 갖추기 위해 발렌티나의 엄마가 사는 칼루가에서 결혼식을 올리기까지 했다. 발렌티나의 엄마는 결혼 당일부터 딸과 화해했는데, 여전히 사위는 못마땅해서 그를 '구충제'라고 불렀다. 하지만 미국 여권의 매력은 그녀에게조차 영향을 미쳤다. 그녀가 평생을 청소부로 일해온 인쇄소에서, 자기 딸을 미국인에게 준 사람이 아무도 없었다.

케네디 공항에서 두 시간 동안 남편을 기다린 다음, 발렌티나는 그의 집으로 전화를 걸었으나 누구도 응답하지 않았다. 그래서 러시아에 있을 때 알려준 주소로 찾아가기로 마음먹었다. 몇몇 친절한 미국인들에게 주소를 보여주고 나서 그녀는 이 주소가 뉴욕 시내가 아니라 교외라는 것을 알게 되었다. 발렌티나의 영어는 수준이 낮았다. 그녀는 슬라브주의자였다. 거의 알아듣지 못하고, 그녀는 적힌 주소를 향해 출발했다.

벌어지고 있는 일에 대한 전적으로 비현실적인 느낌이 그녀를 일반적인 인간의 불안으로부터 자유롭게 했다. 미래는, 그것이 무엇이든 간에, 과거보다는 나을 수밖에 없었다. 뒤에 두고 온 모든 것은 쓰레기에 불과했다. 이런 가벼운 생각들과 함께 그녀는 버스를 올라탔다. 웬일인지 아무도 돈 내라는 말을 하지 않았고, 이런 상황을 설명하는 단어가 'free'라는 걸 그녀는 바로 알지 못했다. 무료 탑승이라는 걸 알게 됐을 때, 그녀는 기뻐했다. 그녀에겐 오십 달러가 있었는데, 이 정도면 어떤 경우에든 무책임한 남편에게 가기에 충분한 돈이라는 것도 알게 되었다.

자잘한 모험과 거대한 길 위의 인상기를 수없이 경험한 이후, 일몰 무렵 태리타운에 도착한 그녀는 버스

밖으로 나왔고 저녁 공기를 마셨고 버스 정류장에 있는 노란 벤치에 앉았다. 그녀는 36시간 이상을 자지 못해서 주위의 모든 것들이 계속 움직이는 듯 보였고, 불확실성과 무중력상태로 가득해 머리가 핑핑 돌았다.

십 분쯤 앉아있다가 그녀는 자기 여행 가방을 들고 차가 **빽빽**하게 들어선 작은 광장으로 나갔다. 차 잠금장치를 만지고 있던 젊은이에게 원하는 주소로 가는 방법을 묻자, 그는 아무 말도 하지 않은 채, 조수석 문을 갑자기 확 열었고 그녀를 태워 잘 손질된 관목으로 둘러싸인 언덕 위 아름다운 이층집에 데려다주었다. 땅거미가 내리기 시작했다. 그녀는 흰 경량 슬레이트 게이트 앞에 멈춰 섰다.

미키의 어머니 레이첼은 아침 무렵 꾼 환상적인 꿈에 아침부터 온통 정신이 팔려있었다. 꿈속에서, 그녀는 실제 그들의 정원에는 없는 하얀 정자(亭子)에서 사랑스럽고 통통한 여자아이를 찾았는데, 이 여자아이는 그녀와 뭔가 중요하고 매우 기분 좋은 일을 얘기했다. 비록 이 아이는 거의 아기에 가깝게 어렸고 실제로 그렇게 작은 아기들은 그런 식으로 말을 잘 할 수는 없지만 말이다. 그러나 그 아이가 정작 뭐라고 말했는지 레이첼은 기억해내지 못했다.

낮에 쉬려고 잠시 누웠을 때, 그녀는 이 바람 통하는 정자와 이 통통한 아이를 기억 속에서 불러내 보려고 했다.

그래서 그 꿈이 그녀에게 다시 꾸어지고 아침이 다가와 아이가 미처 다 말하지 못했던 그 중요한 얘기를 할 수 있기를 바랐다. 그러나 아이는 다시 나타나지 않았고, 레이첼은 낮엔 꿈을 꾸지 않았으니 더는 기대할 것도 전혀 없었다.

이제 그녀는 좀 뒤뚱거리면서 게이트 쪽으로 갔다. 평범한 얼굴의 유대인 여자는 오랜 불면의 고리 같은 둥근 눈으로 여행 가방을 가지고 게이트 뒤에 선 여자를 바라보았다.

"안녕하세요! 미키 좀 볼 수 있을까요?" 여자가 물었다.

"미키라고요?" 레이첼은 놀랐다. "그 애는 여기 살지 않아요. 뉴욕에 살죠. 근데 어제 캘리포니아로 떠났는데…"

발렌티나는 여행 가방을 땅에 내려놓았다.

"참 이상하네요. 그 사람이 데리러 나온다고 약속했는데, 나오질 않았어요."

"아이고! 걔가 그래요." 레이첼이 손사래를 쳤다. "어디서 왔어요?"

"모스크바에서요."

발렌티나는 흰 게이트를 등지고 섰고, 레이첼은 갑자기 꿈에서 본 하얀 정자가 사실은 정자가 아니라 이 게이트이고, 통통한 여자아이는 바로 이 여자, 아이와 마찬가지로 통통한 이 여자라는 걸 깨달았다.

"세상에, 우리 부모님은 바르샤바 출신이에요." 그녀

는 바르샤바와 모스크바가 옆 동네라도 되는 것처럼 기뻐
하면서 소리쳤다. "들어와요, 들어와."

몇 분 후 발렌티나는 창밖으로 경사져 내려간 정원을
바라보며 거실 낮은 테이블 앞에 앉아있었다. 나무들이 죄
다 그녀 쪽으로 몸을 돌리고 짙어져 가는 어둠으로부터 밝
게 빛나는 창을 바라보고 있었다.

테이블 위에는 종이로 만든 듯 보일 정도로 아주 가볍
고 얇은 무광 찻잔 두 조와 조악한 점토 찻주전자가 놓여있
었다. 해초같이 생긴 과자도 있었고, 분홍색 얇은 껍데기로
코팅된 세모난 견과류도 있었다. 레이첼은 꼭 발렌티나의
엄마가 그렇듯 시골 농부 같은 몸짓으로 배에다 손을 척 얹
고는 초록색 실크 터번 쓴 머리를 옆으로 기울여서 친절한
관심을 내보이며 발렌티나를 바라보았다. 이 러시아 여인
이 폴란드어를 할 줄 안다는 것이 밝혀지자, 그들은 폴란드
어로 대화를 나눴는데 이는 레이첼에게 특별한 만족을 가
져다주었다.

"잠깐 다니러 왔어요, 아니면 일하러 왔어요?" 레이첼
이 아주 중요한 질문을 던졌다.

"완전히 살러 왔어요. 미키가 데리러 온다고도 약속
했고 일자리 알아봐 준다고도 약속했어요." 그녀가 한숨
을 쉬었다.

"미키가 모스크바에서 일할 때 둘이 만났어요?" 머리를 다른 어깨 쪽으로 기울이면서 레이첼이 물었다. 그녀에겐 이런 우스운 버릇이 있었다. 머리를 어깨 쪽으로 기울이는 버릇.

발렌티나는 잠깐 생각에 잠겼다. 그녀는 폴란드어로 세상일을 얘기하느라 너무 지쳤다. 여기저기 좀 치우기라도 해야 하는데, 힘이 없었다.

"사실은, 저 미키랑 결혼했어요."

레이첼의 얼굴에 피가 확 쏠렸다. 그녀는 거실에서 뛰쳐나갔고, 그녀의 우렁찬 목소리가 온 집안에 쩌렁쩌렁 울렸다.

"데이빗, 데이빗, 빨리 이리로 좀 와봐."

미키처럼 키가 크고 몸이 약한 그녀의 남편 데이빗이 빨간 실내용 재킷과 키파 차림으로 계단 위쪽에 서 있었다. 손에는 두꺼운 만년필을 쥔 채였다.

'무슨 일이지?' 그는 모습을 보임으로써 말할 뿐, 소리는 내지 않았다.

그들은 아름다운 커플이었고 미키의 부모였다. 둘은 각자에게 부족한 것을 상대방에게서 발견했고, 그 발견을 기뻐했다. 나이 예순에 가까워지면서, 부부로, 인간으로 느끼는 친밀감이 가능한 최고 수준까지 이른 후, 길고 행복한 앞으로의 노년 생활 또한 고대하던 차에, 그들은 몇 년 전 날카로운 공포와 함께 엄청난 사실을 알게 되었다. 그들의 하나밖에 없는 아들이 자신에게 주어진 성의 법칙을 거부하고 레이첼로서는 뭐라 불러야 할지조차 모르는 그런 이교도적 사악함으로 기울었다는 것이었다.

"우린 행복했어, 너무 행복했는데..." 그녀는 커다랗고 신성한 침대에서 밤마다 잠 못 이루고 중얼거렸다. 그토록 무서운 사실과 마주한 그 날부터 부부는 서로를 단 한 번도 만지지 않았다. "주여, 그를 보통 사람으로 되돌려 주십시오."

나치 점령기에 삼 년 가까이 그녀를 숨겨주었던 수도원의 수녀들에 의해 화염에서 구출된 이 유대인 소녀는 자신을 성모께로 향하게 하면서 끝까지 나아갔고, 꼭 그래야만 하는 것은 아니었지만 하느님을 믿었다.

"성모여, 이루소서, 그를 되돌려 주소서."

아들에게 특별한 일이 일어나는 일은 없을 것이고, 모든 것이 다 제대로이며, 인도적인 사회라면 가진 것을 자신에게 좋을 대로 처리할 전적이고 신성한 권리를 스스로 부여해야 한다고 명확하게 설명하는 인기 있는 계몽주의 책도 그녀의 구식 영혼에 위안을 주지는 못했다.

이제 남편은 아내를 향해 계단을 내려오면서 행복해하는 그녀의 분홍빛 얼굴을 보았고 이에 그녀에게 기쁜 일이 생겼음을 짐작했다.

그러나 이 기쁨은, 아아, 위장된 것이었다. 발렌티나는 거실에 앉아 자꾸만 감기는 눈을 억지로 크게 떠보려 애썼다. 이렇게 발렌티나의 미국 생활이 시작되었다.

알릭이 몸을 움직이자 발렌티나는 바로 벌떡 일어났다.

"알릭, 뭐 필요해?"

"마실 거."

발렌티나가 그의 입으로 찻잔을 가져가 대주자, 그는 한 모금 마셨고 기침했다.

발렌티나는 그를 어설프게 주물렀고 등을 두드렸다. 그를 일으키니 완전 안카 크론이 준 인형 같았다.

"잠깐, 기다려. 빨대 가져올게."

그는 다시 물을 입에 넣었으나 또다시 기침이 나왔다. 전에도 그랬었다. 발렌티나는 다시 그를 가볍게 흔들고는 등을 두드렸다. 그에게 다시 빨대를 주었다. 그는 다시 기침하기 시작해서 이번에는 오랫동안 계속 기침했고, 어떻게 해도 목을 고를 수 없었다. 그러자 발렌티나는 천 냅킨에 물을 적셔서 그의 입에 가져갔다. 입술이 말라 조금씩 갈라져 있었다.

"입술에 뭐라도 발라줄까?" 그녀가 물었다.

"생각도 하지 마. 입술에 기름기 번들거리는 거 싫어. 손가락이나 줘봐."

그녀는 그의 두 입술 사이에 자기 손가락을 놓았다. 그는 혀로 손가락을 만졌고, 마침내 돌려 감았다. 이것이 그에게 남아있었던 유일한 접촉이었다. 그들이 사랑을 나누는 마지막 밤인 듯했다. 둘 다 이를 생각했다. 그가 아주 조용히 말했다.

"나는 간음하는 남자로 죽어가는 거야."

발렌티나는 그 무렵 어느 때 보다 힘들게 살았다. 보통은 직장에서 바로 수업을 들으러 갔다. 그러나 그날은 집에 들러야 했는데, 집주인이 전화해서는 급하게 열쇠를 가져다 달라고 했기 때문이다. 자물쇠에 문제가 생겼다고 했지만, 발렌티나는 정확히 무슨 문제인지 알지 못했다. 그녀는 집주인에게 열쇠를 주었지만, 발렌티나의 열쇠로도 출입문은 열리지 않았다. 고장 난 자물쇠와 함께 집주인을 남겨두고, 발렌티나는 수업을 들으러 가기 전, 길모퉁이에 있는 유대인 간이 식당 카츠(Katz's Delicatessen)에 들렀다. 카츠는 가격이 합리적이었고, 훈제 쇠고기와 칠면조를 넣은 샌드위치는 매우 훌륭했다. 콘크리트 블록이라도 가볍게 던질 수 있을 듯 억세게 생긴 점원은 커다란 칼로 향기로운 고기를 예술적으로 저몄고, 현지 방언으로 떠들었다. 사람이 상당히 많았고, 계산대에도 몇 명이 줄을 서 있었다. 발렌티나 바로 앞에 고무줄로 빨강 꽁지머리를 묶고 그녀에게 등을 돌리고 서 있던 남자가 점원에게 친근하게 말을 걸었다.

"잘 들어 보라구, 미샤. 내가 여기를 10년 동안 다녔는데 말이지. 너, 아론도 말이야, 너희 둘 다 그동안 두 배로 살이 쪘거든, 근데 샌드위치는 반으로 얇아졌어. 이거 왜 그런 거지? 응?"

벗은 팔로 알릭과 발렌티나를 왔다 갔다 가리키면서, 점원은 발렌티나에게 윙크했다.

"저 사람 나한테 뭔가 넌지시 암시하고 있어요, 그렇게 생각하죠? 그렇죠?"

남자는 발렌티나를 돌아보았다. 주근깨 덮인 그의 얼굴은 웃고 있었고, 붉은 콧수염은 힘있게 봉긋 솟아올랐다.

"아니 이걸 뭔가 바라는 암시라고 생각한다니까요. 이건 암시가 아니라 삶의 수수께끼인데 말이죠."

점원 미샤는 오이 하나를 포크로 찍은 다음 오이 하나를 더 찍어서, 두꺼운 종이 접시 위 속이 꽉 찬 샌드위치 옆에 빼놓았다.

"자, 당신한테만 특별히 덤으로 주는 오이에요, 알릭." 그리곤 발렌티나 쪽으로 몸을 돌렸다. "저 사람은 자기가 화가라는데, 내가 알기로 고향에서 '사회주의 재산 유용 방지 부서'에 있었다고요. 여기까지 와서 나를 쫓아다니다니. 파스트라미 샌드위치 줘요?"

발렌티나가 고개를 끄덕이자 칼이 미샤의 손에서 번쩍

거렸다. 빨간 머리는 가까이 있던 테이블에 앉았는데, 거기 마침 한 자리가 더 비자 그는 발렌티나의 손에서 접시를 뺏어 들어 자기 테이블에 내려놓고는 발로 의자를 쓱 밀었다.

발렌티나는 말없이 앉았다.

"모스크바에서?"

그녀는 고개를 끄덕였다.

"오래전에?"

"한 달 반이요."

"이야, 그래서 모양새가 아직 노련하질 못하군요." 그의 시선은 직접적이었고 선량했다. "무슨 일 하는데요?"

"베이비 시터요, 수업도 듣고요."

"좋아요!" 그가 칭찬했다. "빨리 방향을 잘 잡았어요."

발렌티나는 빵 두 개를 서로 벌려 샌드위치를 열었다.

"아니! 지금 뭐 해요! 아무도 그렇게 안 먹어요. 미국 사람들은 당신을 도저히 용납하지 않을걸요? 이건 신성한 거라고요. 입을 더 크게 벌려요. 그리고 잘 봐요, 케첩 흐르지 않게."

그는 샌드위치의 삐져나온 속을 깔끔하게 깨물었다. "여기 사는 건 단순해요. 규칙이 많지는 않지만, 알고는 있어야 하겠죠."

"규칙이요?" 그가 말한 대로 반으로 가른 샌드위치를

다시 합치면서 발렌티나가 물었다.

"그거요, 지금 그거, 그게 첫 번째. 그리고 두 번째는, 웃어요!" 그는 입안 가득 샌드위치를 물고 웃었다.

"그럼 세 번째는요?"

"이름이 뭐예요?"

"발렌티나."

"흠..." 그가 콧소리를 냈다. "발레치카[52]..."

"발렌티나." 그녀가 고쳐 말했다. 그녀는 '발레치카'라고 부르는 걸 어릴 때부터 싫어했다.

"발렌티나, 우리가 사실 서로를 잘 모르지만, 뭐 그러라지. 내 말해 주리다. 뉴턴의 제2 법칙은 여기서 다음과 같이 공식화되는 겁니다. 웃어라, 그러나 엉덩이는 치켜들지 말고..."

발렌티나는 웃음을 터뜨렸고 그 바람에 케첩을 스카프에 흘렸다.

"그리고 세 번째도 있는데."

알릭이 케첩을 닦아냈다.

"일단 두 가지부터 익힙시다. 이 샌드위치는 미국에서 최고예요. 베스트 인 아메리카. 그게 사실이에요. 이 가게는 거의 백 년이나 되었어요. 에드거 앨런 포나 오 헨리, 잭 런

---

52) 발렌티나의 애칭

던도 여기 와서 십 센트 주고 샌드위치를 사 갔어요. 그나저나 미국 사람들은 이 작가들을 전혀 모르죠. 포를 학교에서 배울 수는 있겠네요. 이 가게 주인이 포 작품 중에 하나라도 읽었다면 틀림없이 포 초상화라도 걸었을 텐데 말이죠. 이게 우리 미국의 불운이에요. 샌드위치로는 모든 게 괜찮지만, 문화로는 뭔가 부족하죠. 물론, 거의 확실하게 말할 수 있는 게, 1대 카츠-최초의 인간 아담이 아니라 여기 주인 말하는 거예요-손자는 하버드를 졸업했고, 증손자는 소르본에서 공부했고, 아마 그는 68 학생 혁명에 참여도 했겠지만 말입니다."

발렌티나는 무슨 혁명을 말하는 거냐고 차마 물어보지 못했고, 그 사이 알릭은 샌드위치를 내려놓고 말을 이었다.

"전통식으로 큰 통에다 절이는 오이 절임 같은 건 이제 더는 찾아볼 수가 없게 되었어요. 자기들식으로 알아서들 절여요, 이젠. 솔직히 말해서 난 더 쪼글쪼글하고 끈적끈적한 게 좋은데 말이죠. 하지만 뭐 그것도 나쁘진 않아요. 최소한 식초는 안 쓰니까. 아무튼, 이 도시는 끝내줘요. 모든 게 다 있어요. 도시 중의 도시, 바벨탑! 하지만 그럴 만한 가치가 있죠, 암, 그렇고 말고요." 그는 그녀가 아니라 마치 존재하지 않는 누군가와 논쟁을 벌이는 것처럼 말했다.

"하지만 지저분하고 또 음울하기도 하잖아요. 흑인도

많고." 발렌티나가 부드럽게 말했다.

"러시아에서 온 사람이 미국 보고 지저분하다는 거예요? 대단하군요. 그리고 흑인들은 말이죠, 뉴욕의 최고 멋진 장식이랍니다. 음악 좋아하지 않아요? 음악이 없다면 미국이 대체 뭐랍니까? 바로 이 흑인 음악 말입니다." 그는 분개했고 성냈다. "그리고 아무것도 모르면 좀 입 다물고 가만히 있으라고요."

음식을 다 먹고 나서 그들은 가게를 나왔다.

문 앞에서 알릭이 그녀에게 물었다.

"어디 가요 이제?"

"워싱턴 스퀘어요. 수업이 있어요."

"영어 수업?"

"어드벤스드(고급반)..." 그녀가 고개를 끄덕였다.

"데려다줄게요. 나 거기서 가까운 데 살아요. 애스터 플라자까지 쭉 올라가서 저쪽으로 꺾어지면 되니까." 그가 손을 흔들었다. "거기가 미국 펑크족들의 아지트 같은 곳인데, 정말 멋지죠. 다들 검은 가죽옷에 거친 메탈 장식을 걸치고요. 영국 펑크족들과는 아주 달라요. 그들의 음악도 확실히 특별한 데가 있어요. 광장 쪽으로 가면 오래된 우크라이나 지구가 있는데 별 흥밋거리는 없어요. 맞다, 거기 끝내주는 아일랜드 펍이 있어요. 제대로 된 곳이죠. 여자들은 들여보내지 않는다니까요. 뭐 이젠 들여보내 줄지도 모르지만 그런다고 해봐야 여자 화장실도 없고, 소변기만 있다 이겁니다. 여긴 그냥 도시가 아니라 하나의 커다란 길거리 극장이에요. 벌써 몇 년이나 나 자신을 이 도시에서 떼어낼 수가 없었어요."

그들은 바워리가를 걸었다. 그는 어느 칙칙하고 우울해 보이는 건물 앞에서 그녀를 멈춰 세웠는데 이 동네는 대부분 다 그런 집들이었다.

"보세요. 여기가 씨비지비(CBGB)[53]예요. 전 세계에서 음악적으로 가장 중요한 장소죠. 백 년 후엔 음악 연구가들이 이 벽에서 석회 조각을 떼어내 금으로 된 상자에 보관할 겁니다. 여기서 새로운 문화의 탄생이 진행되고 있어요. 농담 아닙니다. 니팅 팩토리(Knitting Factory)[54]도 마찬가집니다. 천재들이 공연하죠. 매일 저녁 천재들이 출연합니다."

낡아빠진 문에서 분홍색과 흰색이 섞인 외투를 입은 까맣고 작은 소년이 뛰어나왔다. 알릭은 그 소년에게 인사했다.

"내가 뭐랬어요. 쟤가 부비에요. 플루트를 붑니다. 매일 저녁 하느님과 연주하죠. 저 아이 콘서트 표를 막 샀어

---

53) 1973년에 힐리 크리스탈이 뉴욕 맨하탄 이스트 빌리지에 문을 연 뮤직 클럽. 개업 당시 Country, BlueGrass, Blue의 머리글자였으나, 곧 라모네스, 패티스미스그룹, 블론디, 토킹 헤즈 등이 활동하는 펑크락과 뉴웨이브의 중심지가 되었다.

54) 1987년 뉴욕에 문을 연 나이트클럽. 관객에게 시 낭독회, 연극, 스탠드업 코미디, 락이나 재즈부터 실험 음악에 이르기까지 다양한 스펙트럼의 콘서트를 선보인다.

요. 특별히 왔죠. 아내는 나랑 같이 오지 않아요. 이런 음악 좋아하질 않죠. 당신도 데려가 줄까요?"

"난 일요일만 가능해요." 발렌티나가 대답했다. "다른 날은 아침 여덟 시부터 밤 열 한시까지 바빠요."

"한 방에 날아갔군." 알릭이 히죽 웃었다.

"그렇게 됐어요. 아홉 시까지 출근하고 여섯 시에 일을 마쳐요. 이틀에 한 번 일곱 시에 수업이 있고 수업 없는 날은 집주인 손녀를 봐요. 열한 시에 일과가 모두 끝나면 열두 시에 잠자리에 들죠. 새벽 세 시에 일어나요. 그게 다예요. 내게 이런 미국식 불면증이 있는 건 하느님만 아시죠. 세 시에 난 오뚝이 같아요. 더 늦게 잠자리에 들어봐도 마찬가지예요. 세 시면 잠에서 깨요."

"그 시간에 하는 콘서트 같은 건 없죠. 하지만 아침이 찾아오기 전에도 삶이 계속되는 그런 장소들은 많이 있어요. 언제 시작하느냐가 뭐 그렇게 중요하겠어요, 세 시에도 할 수 있고."

이 무렵 닌카는 이미 심각한 알코올중독자였는데, 그녀가 필요로 하는 것은 그리 많지 않았다. 하루에 러시아식 계산법으로 보드카 반 병에 미국 주스를 희석해 마셨고 밤 한 시가 되면 죽은 듯이 잠들었다. 알릭은 그녀를 안락의자에서 침실로 옮겼고, 그녀 옆에서 몇 시간씩 자곤 했다. 그 자신은 나폴레옹처럼 수면 시간이 적은 사람들 축에 속했다.

알릭과 발렌티나의 애정 행각은 새벽 세 시에서 아침 여덟 시 사이에 진행되었다. 그는 바로 시작하지 않고 단계적으로 진행해 나갔다. 최소 두 달 이상 지났을 때, 그는 처음으로 그녀의 낮은 지하실로 들어갔다. 미국식으로 말하자면 베이스먼트인 이곳은 그녀가 레이첼의 도움으로 레이첼의 친구에게서 임차한 곳이었다.

일주일에 두 번쯤 세 시에서 네 시 사이에 알릭은 발렌티나의 지하실로 찾아와서 몸을 굽히고는 희미하게 불 켜진 창문에 휘파람을 불었다. 십 분 뒤 발렌티나는 검은 허츨 재킷 차림에 생기 넘치는 발그레한 얼굴로 뛰어나왔고, 그들은 이민자들에게 잘 알려지지 않은 밤의 장소 중 한 곳으로 가곤 했다.

1월의 가장 춥던 어느 밤, 내린 눈이 거의 일주일 내내 길에 쌓여있을 때, 그들은 어시장에 갔다. 월 스트리트에서 말 그대로 두 걸음 떨어진 그곳에는 몇 시간 동안 도무지 믿기지 않는 삶이 들끓었다. 선착장으로는 세계 각지에서 온 선박이 정박했고, 어부들은 살아있거나 냉동했지만 살아있는 듯한 상품을 수레에 싣고, 등에 지고, 바구니에 넣어 끌었다. 벽에서 커다란 문이 갑자기 열리면서, 보관 창고가 이 모든 바다의 보물을 접수했다.

건장한 두 남자가 어깨에 긴 통나무를 짊어지고 있었
다. 그것은 얇은 얼음 막으로 온통 뒤덮인 은빛 참치였다.
잡어처럼 평범하게 생긴 흔한 물고기들도 있었지만, 가판
대 쪽을 차마 쳐다보기 힘들었던 이유가 있었다. 가판대에
는 전에 결코 본 적 없는 바다의 괴물들이 산더미처럼 쌓여
있었는데, 무시무시한 눈과 갈고리발톱, 빨판을 지닌 놈도
있고, 몸 전체가 입으로 된 듯한 놈도 있었다. 환상적인 모
양의 조개도 엄청나게 많았는데, 안에는 끈끈한 작은 살점
을 숨기고 있었다. 또 사랑스러운 주둥이를 지닌 뱀 모양의
생물체는 무의식적으로 머릿속에 인어를 연상케 했다. 중
간자적인 형체를 지녔기 때문인데, 동물인지 식물인지 뭐
라 말하기가 어려웠다. 그리고 이번엔 진짜 해초가 서로 엉
킨 채로 켜켜이 쌓여있었다. 랜턴의 하얀 불빛 아래 이 모
든 생물이 푸른빛, 붉은빛, 초록빛, 분홍빛으로 넘쳐흘렀
고, 어떤 것들은 아직 살아 움직였지만, 어떤 것들은 이미
굳어버렸다.

이동 통로에는 쇠 드럼통이 몇 개 있었는데, 안에
서 무언가가 타고 있었고, 시간이 지나면서 점점 얼어
붙은 사람들이 그리로 다가가 몸을 녹였다. 사람들 또
한, 그들이 가져온 상품처럼 이국적이었다. 적갈색 턱
수염이 서리로 얼어붙은 노르웨이 사람들, 콧수염 난

중국인들, 이국적이고 고대의 얼굴을 한 섬사람들.

그들 가운데, 좋은 가격에 끌려 뉴욕 전역과 뉴저지에서 온 도매상인들, 최고의 레스토랑 주인들과 요리사들이 가장 신선한 상품을 두고 옥신각신 실랑이를 벌였다.

"여긴 정말 동화 속 같아!" 발렌티나는 감탄했고, 알릭은 자기가 그랬듯이 이곳을 마음껏 즐기는 사람을 발견한 것이 기뻤다.

"내가 뭐랬어!" 알릭은 위스키를 마시자고 그녀를 카페로 끌고 갔다. 이런 추위에는 마시지 않을 수 없기 때문이다. 그 카페에서도 물론 주인은 알릭에게 인사했다. "어이, 친구. 저것 좀 보라구." 알릭은 손가락으로 벽을 찔렀는데, 거기에는 요트와 배를 묘사한 판화들 사이로 발렌티나는 모르는 사람들의 사진들과 나란히 그리 크지 않은 그림이 걸려 있었다. 대수롭지 않은 물고기 두 마리가 그려져 있었는데, 하나는 가시가 많고 넓게 펼쳐진 지느러미가 달린 불그스름한 물고기였고, 다른 하나는 회색빛으로 청어 같았다. "로버트는 이 그림 때문에 나한테 평생 마실 걸 공짜로 주겠다고 약속했다구."

그리고 정말로, 얼굴이 붉고 대머리인 주인은 그들에게 위스키 두 잔을 벌써 가져왔다. 선원들, 화물차 운전사들, 상인들로 가게는 만원이었다.

거긴 남자들의 장소였고 여자는 한 명도 보이지 않았다. 남자들은 주로 마시는 데 집중했고 현지 생선 수프와 별로 중요하지 않은 무슨 음식인가도 먹었다. 사람들은 여기 마시러 오고 휴식을 취하러 오지 먹으러 오는 게 아니었다. 그리고 이런 날씨에는 당연히 몸을 따뜻하게 데워야 한다. 현지인들에게 추위는 익숙한 게 아니었는데, 그들은 진정한 북부 사람들이 생각하듯이, 얇은 셔츠 위에 모피코트를 입고, 고무장화 안에다 합성 섬유로 된 양말을 두 겹으로 겹쳐 신고, 머리에 야구모자를 눌러쓰는 정도로는 절대 따뜻해질 수 없음을 이해하지 못하는 것 같았다.

"서둘러, 빨리. 이러다간 제일 재밌는 걸 놓친다고." 알릭이 갑자기 발렌티나를 재촉했다.

그들은 다시 길거리로 나갔다. 그들이 카페에서 보낸 그 삼십 분 동안 모든 것이 변했는데, 그 속도가 가히 만화 영화 같았다. 가판대들이 싹 치워져 어디론가 사라져버렸고, 보관 창고 문은 굳게 닫혀 단단한 벽으로 변했으며, 활기차게 불타던 드럼통들도 사라졌고, 선착장 쪽에서 키 큰 젊은이들 한 무리가 호스를 가지고 와서 땅바닥에 남아있던 생선 찌꺼기를 깨끗이 치우고 있었다. 십오 분이 지나자 알릭과 발렌티나는 맨해튼 최남단의 곳에 남은 거의 유일한 사람들이 되었고, 이 모든 야간극이 꿈 아니면 신기루 같았다.

"자, 이제 가서 더 마시자구." 알릭이 그녀를 어느 건물로 데려갔는데, 거기에는 벌써 아무도 없었고 테이블도 모두 깨끗하게 치워져 반짝거렸다. 심지어 젊은이 하나가 바닥 걸레질을 막 마쳐 가고 있었는데, 이곳 주인 아들인 그도 알릭에게 고개를 끄덕이며 알은체했다. "이게 다가 아니라고. 이제 마지막 장을 보게 될 거야. 십오 분 후에."

과연 십오 분이 지나자 가까운 지하철역에서 우아한 남자들과 머리를 단정히 빗질한 여자들이 제일 좋은 구두를 신고 멋진 정장 차림으로 이번 시즌 신제품 향수 냄새를 풍기며 한가득 쏟아져나왔다.

"엄마야, 저 사람들 다 뭐야, 파티라도 있나?" 발렌티나가 경악했다.

"월 스트리트에서 일하는 사람들이야. 그중에는 호보켄에 사는 사람들이 많은데, 거기도 재밌는 동네지. 언젠가 데려가 보여줄게. 이 사람들이 뭐 엄청난 부자들은 아니지. 일 년에 육십 불 버는 사람부터 십만 불 버는 사람까지 있어. 사무직원들, 화이트칼라들, 이들이야말로 가장 노예적인 삶을 사는 종족들이지."

그들은 지하철역으로 갔다. 발렌티나가 일하러 갈 시간이었기 때문이다. 그녀는 주위를 둘러보았다. 어시장이 있던 곳에는 냄새를 맡으려 코를 킁킁거려야 겨우 느껴지는 옅은 생선 냄새만이 남아있었다.

어시장 외에 육류시장과 화훼시장도 있었다. 화훼시장에서는 화분들 사이에서 길을 잃을지도 몰랐다. 이 화훼시장은 밤에 열렸지만, 낮에도 영업했다.

언젠가 육류시장 근처에서 그들은 얼굴을 아는 어느 머리카락이 붉은 사람과 마주쳤다. 알릭은 그와 몇 마디 말을 나눴고 그런 다음 그들은 가던 길을 갔다.

"누구야?"

"몰라보겠어? 브롯스키[55]잖아. 여기서 멀지 않은 데 살아."

"진짜 브롯스키라고?" 발렌티나는 깜짝 놀랐다.

그는 정말로 완전히 살아있는 브롯스키였다.

또, 매우 특별한 사람들이 다니는 나이트 댄스 클럽도 있었다. 돈 많은 중년 부인들과 노쇠한 신사들, 나프탈렌 냄새를 풍기는 탱고, 폭스트롯[56], 보스턴 왈츠 애호가들이 주된 고객이었다.

때때로 그들은 정처 없이 걸어 다녔고 그러다 한번은 우연히 서로 입 맞췄고, 그때부터 그들은 거의 걷기를 멈췄다. 알릭이 집 앞 길가에서 휘파람을 불면, 발렌티나는 문

---

55) 요시프 브롯스키(조지프 브로츠키). 러시아계 미국인 시인이자 에세이 작가. 1987년 노벨 문학상을 수상했다.

56) 사교춤의 장르 중 하나. 4/4박자 춤곡. 느린 템포로 진행되면 폭스트롯, 빠른 템포로 진행되면 퀵스텝이라 한다. 보드빌 배우 해리 폭스에게서 이름을 땄으며, 이 음악이 우리나라로 전해져 트로트가 되고 일본으로 전해져 엔카가 되었다.

을 열었다.

후에 발렌티나는 미키의 아파트로 이사했다. 미키가 캘리포니아의 이름난 영화학교에서 향후 몇 년간 가르치게 되어 그쪽으로 이사했기 때문이었다. 미키는 체구가 작고 훌륭한 가르시아 로르카 전공자인 스페인 교수를 파트너로 둘 정도로 개인적인 삶이 잘 굴러가고 있었지만, 원한다면 몇 명의 아이든 얼마든지 먹여 키울 수 있을 만큼 큰 가슴을 지닌 사랑스럽고 통통한 발렌티나 대신에 아들이 그런 선택을 한 데 대해 레이첼은 애도를 멈추지 않았다.

미키의 뉴욕 아파트는 다운타운에 있었고, 알릭은 여전히 새벽 세 시에서 아침 여덟 시 사이 소중한 시간에 그곳을 다녀갔다.

발렌티나가 그의 야간 방문을 거부하는 기간이 있었다. 그녀는 그때 마침 퀸스로 이사했었는데, 그곳 대학에서 러시아어 강사로 그녀를 채용했기 때문이었다. 퀸스에서 그녀에겐 다른 남자가 있었는데 역시 러시아 출신이었다. 그를 본 사람은 아무도 없었고 그저 화물 트럭 운전사라는 것만 알려져 있었다.

이 운전사가 그녀의 삶에 얼마나 오래 머물렀는지는 말하기 어렵지만, 치열한 경쟁을 뚫고 그녀가 뉴욕의 대학교 중 한 곳에서 제대로 된 미국식 직업을 갖게 되었을 때,

그는 이미 그녀 곁에 없었다.

다시 알릭의 차례였다. 이것으로 발렌티나는 확실히 알았다. 결론적으로 이제는 누구도 누군가를 떠나는 일은 없을 것이다. 그녀 자신도 알릭을, 알릭도 닌카를.

11

누군가 데려온 모스크바 출신 엔지니어는 이 집에 그
대로 남아 카펫 위에서 밤을 보냈고 즉시 집에 탁 달라붙었
다. 가장 인적이 드문 이 아침에, 다시 말해 일하는 사람들
은 각자의 사무실로 바삐 흩어져버리고 보조금을 받는 사
람들은 아직 눈이 안 떠질 때, 또 닌카도 아직 자신에게서
오렌지 주스 꿈을 떨쳐내지 못하고 있을 때, 이 정체불명의
여자, 처음부터 아무도 누군지 기억하지 못했던 그 여자는
어제 사용한 찻잔과 컵을 싹 씻고는 알릭을 쳐다보았다. 그
는 이미 깨어있었다.

"모스크바에서 온 류다에요." 그녀는 혹시 몰라 다시
알렸다. 어제 알릭에게 자신을 소개하기는 했지만, 처음부
터 자신을 기억하는 사람이 없다는 데 이미 오래전에 익숙

해져 있었기 때문이다.

"온 지는 얼마나?" 알릭은 바로 관심을 보였다.

"엿새 되었어요. 한참 된 것처럼 느껴지네요. 씻을래
요?" 그녀는 마치 아침에 환자 씻기기가 원래부터 주어진
자기 임무나 되는 것처럼, 그렇게 스스럼없이 물었다. 그리
고는 바로 젖은 수건을 가져와 얼굴과 목, 손을 닦았다.

"모스크바에 무슨 새로운 소식 있나?" 알릭이 기계
적으로 물었다.

"늘 똑같죠. 라디오는 짹짹거리고 가게는 텅 비어 있
고 뭐 새로울 게...아침 먹을래요?" 류다가 말했다.

"글쎄, 한번 먹어볼까?"

음식과 관련해서는 상태가 나빴다. 지난 이 주간 그는
유아식만 먹었고, 한낱 과일조차도 삼키기가 어려웠다.

"음, 감자 퓌레를 좀 만들어줄게요." 그러더니 그녀는
벌써 부엌에 가 있었고, 거기서 조용히 달그락거렸다.

그녀가 만든 퓌레는 묽어서 목구멍으로 잘 넘어갔다.
알릭은 아침부터 한결 나아진 기분이 들었다. 빛도 그렇게
흐릿하지 않고 보이는 것도 왜곡 없이 정상적이었다.

류다는 알릭의 베개를 다시 잘 모양 잡으면서, 사람들
을 다 장사지내는 게 자신의 운명인 것 같다는 슬픈 생각이
들었다. 사십오 년 동안 그녀는 어머니와 아버지, 할머니

두 분, 할아버지, 첫 번째 남편 그리고 바로 얼마 전에 친한 친구까지 땅에 묻었다. 모두를 먹이고, 씻기고 나중엔 염했다. '하지만 이 사람은 굳이 말하자면 내 사람은 아니잖아. 그냥 어쩌다 오게 된 거지.'

그녀에겐 할 일이 산더미 같았다. 쇼핑 리스트도 길었고, 방문해야 할 사람도 많았다. 그들은 사실 모르는 사이였지만 그녀에게 모스크바에 있는 자기 친척들 소식을 묻고 자신들이 어떻게 지내고 있는지 말해주려는 사람들이었다. 그러나 그녀는 이미 자신이 이 터무니없는 집을, 또 그녀가 이렇게 사랑에 빠져버린 이 사람을 벗어날 수 없게 되어버렸다는 것과 바로 이 장소에서 자신의 마음이 다시 찢기게 되리라는 것을 이미 느끼고 있었다.

전화가 울렸고, 누군가 수화기 저편에서 소리쳤다.

"CNN을 틀어! 모스크바에서 쿠데타가 일어났어!"

"모스크바에서 쿠데타래요." 류다가 가라앉은 목소리로 반복했다. "이거야말로 새로운 소식이네요."

흩어진 뉴스 속보의 파편들이 텔레비전 화면에서 번쩍거렸다. 무슨 국가비상사태위원회인가가 등장했는데, 그건 그냥 얼굴들이 아니라, 얼굴에 비열함이 훤히 드러나는, 우물쭈물 말문이 막혀버린 부스러기들이었다. 마치 잘못 끼워 넣은 틀니처럼.

"그런데 어디서 저런 면상들을 데려왔지?" 알릭이 놀라면서 말했다.

"그럼, 여기 사람들은 뭐, 더 나아요?" 예기치 않은 애국심의 발동으로 류다가 크게 외쳤다.

"그래도 낫지." 알릭은 잠시 생각하더니 말을 이었다. "당연히 낫지. 여기도 도둑놈들은 있지만 부끄러운 줄은 알지. 그런데 저놈들은 이미 심하게 뻔뻔한 자들이야."

거기서 진짜 무슨 일이 벌어지고 있는지를 이해하는 것은 완전 불가였다.

고르바초프의 '건강 상태'가 드러났다.

"저놈들이 벌써 죽여버렸을지 모르지."

전화벨이 쉴 새 없이 울렸다. 이런 종류의 사건은 혼자만 알고 있기가 불가능했다.

류다는 알릭이 편하게 볼 수 있도록 텔레비전 방향을 돌렸다.

비행기 표는 12월 6일 자였다. 빨리 표를 바꿔서 돌아가야 한다. 그러나 한편으로는, 왜 가야 하지? 아들도 여기 있는데. 남편을 여기로 오게 하는 게 나을지 모른다. 하지만 여기서 뭘 하지? 말도 모르고 가진 것도 없는데... 집에는 책도 있고 친구들도 있고 사랑하는 것들이 수백 가지 있다. 뿌연 먹구름이 모든 것을 휩쓸고 가버렸다...

"내가 말했잖아. 조약에 서명하기 전에 무슨 일인가 일어날 거라고." 알릭이 만족스럽게 말했다.

"무슨 조약이 또 있어요?" 류다가 놀라며 물었다. 그녀는 정치 뉴스를 찾아보지 않았는데, 이 모든 것에 혐오감이 들었기 때문이다.

"류다, 닌카 좀 깨워봐." 알릭이 부탁했다.

그러나 닌카는 이미 스스로 기어 나왔다.

"내 말 잘 기억해 둬. 이제 모든 걸 결정해야 해." 알릭이 예언하듯 말했다.

"뭘 결정한다는 거야?" 닌카는 정신이 없었고 아직 잠이 깨지도 않았다. 이 아파트 밖에서 일어나는 모든 사건은 하나같이 그녀에게서 멀리 떨어져 있었다.

저녁이 되자 아파트는 또다시 사람들로 꽉 찼다. 텔레비전을 침실에서 가지고 나와 식탁에 놓았고, 사람들은 알릭에게서 물러나 텔레비전 주위로 몰려들었다. 전혀 이해할 수 없는 어떤 일이 벌어졌다. 어떤 꼭두각시 인형 같은 놈, 목욕탕 관리인, 개 면상에 콧수염 난 자, 반악마 반사람, '예브게니 오네긴'에 나오는 꿈의 환상극장 (판타스마고리아), 그리고 탱크들. 도시로 군대가 들어왔다. 어마어마한 탱크들이 거리를 천천히 기어갔고 누가 누구와 싸우는 건지 알 수 없었다.

류다는 관자놀이를 짚으며 신음했다.

"이제 어떻게 되는 거지? 도대체 어떻게 되는 거야?"

젊은 컴퓨터 프로그래머인 그녀의 아들은 직장에서 보통 때보다 좀 이르게 빠져나와 그녀 옆에 앉아있었는데 좀 주저하며 이렇게 말했다.

"어떻게 되냐고? 군부독재가 시작될 거야."

다들 모스크바로 연락하려고 시도해 보았지만, 그럴 때마다 통화 중이었다. 사람들 수만 명이 죄다 이 시간에 모스크바로 전화를 걸고 있는 게 분명했다.

"어, 저기 좀 봐요. 탱크들이 우리 집 옆을 지나가네!"

탱크들이 사도보예 콜초를[57] 따라 내려가고 있었다.

"왜 그렇게 걱정하고 난리예요, 아들도 여기 있고, 당신도 여기 그냥 있어요. 그러면 되잖아요." 파이카가 류다를 진정시키려 애썼다.

"아버지는 아마 오래전에 은퇴하셨겠지." 니나가 뜬금없는 얘기를 했다.

알릭 한 사람만 니나가 그런 말을 한 맥락을 알고 있었다. 니나의 아버지는 KGB 열성분자로 고위직에 있었는데, 그녀가 러시아를 떠나자 그녀로부터 등을 돌렸고 어머니와 그녀와의 서신 교환도 막았다.

---

57) 모스크바 중심가를 둘러 순환하는 고리 모양 도로

"젠장, 개 같은 정권, 지옥에나 가라지. 보드카도 다 떨어졌어." 리빈이 벌떡 일어나 엘리베이터 쪽으로 갔다.

러시아어 읽기 능력은 제법 괜찮았지만 듣기 능력은 훨씬 떨어졌던 조이카는 이 시간 동안 듣는 귀가 열렸다. 방송에서 말하는 단어 하나하나를 즉각 이해했다. 그녀는 한 번도 직접 가본 적 없이, 오로지 철 지난 책으로만, 그것도 번역이 엉망인 책으로만 접한 낯선 나라와 사랑에 빠지는 그런 이상한 종류의 사람이었다. 그러나 이제 그녀는 어떤 예상치 못한 영감으로 아나운서의 대본을 전부 이해했고, 루디는 화면을 빤히 쳐다보다가는 초조해했고, 때때로 조이카의 팔꿈치를 끌어당기며 통역을 요구했다.

모스크바에서 벌어지고 있는 일은 너무도 이해하기 어려워 모두에게 통역이 필요한 것처럼 보였다.

사람들은 잠시 알릭을 잊었고, 그는 눈을 감았다. 화면에서 벌어지고 있는 일들을 그는 반짝이는 점처럼 인식했다. 저녁이 되며 피로가 몰려왔지만, 정신은 여전히 맑았다.

티셔츠는 그가 앉아있는 안락의자 손잡이 쪽에 앉아서 그의 어깨를 쓰다듬었다.

"저기 이제 전쟁 나는 거예요?" 티셔츠가 조용히 나지막이 물었다.

"전쟁? 그럴 것 같진 않은데... 불행한 나라..."

티셔츠는 불만스럽게 이마를 찡그렸다.

"흠, 이런 건 들어봤어요. 가난한 나라, 잘사는 나라, 선진국, 후진국, 이건 알겠는데, 불행한 나라는 도대체 뭐예요? 모르겠어요."

"티셔츠, 너 역시 똑똑해." 알릭은 경이로움과 만족감으로 그녀를 바라보았다.

티셔츠도 이를 알았다.

여기 앉아있는 러시아 태생의 사람들은 가진 재능이나 받은 교육이 다 다르고 무엇보다 인간성도 다 달랐지만, 모두 한 지점으로 수렴되었다. 그들은 모두 이런저런 이유로 러시아를 떠나왔다. 대다수는 합법적으로 이민을 왔지만, 몇몇은 다른 목적으로 왔다가 돌아가지 않기도 했고, 가장 과감한 사람들은 국경을 넘어 도망치기도 했다. 그러나 바로 이런 행동을 감행함으로써 그들은 서로 가족과 같은 존재가 되었다. 그들의 견해가 어떻게 다르건, 그들의 이민 생활이 어떤 형태를 갖추건 간에, 이 행동에는 돌이킬 수 없는 공통점이 담겨있었다. 경계를 넘어, 비틀거리는 생명선을 넘어, 오래된 뿌리를 끊어내고 낯선 구성과 빛깔, 향기를 지닌 다른 토양에 새로운 뿌리를 내리는 것이다.

이제, 세월이 지나면서 몸은 스스로 그 구성을 바꿨다.

신세계의 물, 새로운 분자들이 그들의 혈액과 근육을 형성했고, 모든 오래된 것, 저편의 것을 대체했다. 그들의 반응, 행동, 사고방식은 점차 형태를 바꿨다. 그러나 이때 그들 모두가 필요로 하는 것은 단 하나, 그들이 감행한 결정이 옳았다는 것에 대한 증거였다. 미국에서 직면한 난관이 더 복잡하고 극복하기 어려울수록, 그들은 자신이 감행한 일의 옳음에 대한 증거가 더욱 간절해졌다. 최근 몇 년간 모스크바로부터 그곳 삶의 증가하는 부조리와 재능 부족과 범죄에 대한 소식이 들려오자, 그들 대부분은, 의식적이든 무의식적이든, 인생을 건 자신들의 선택이 옳았음을 확인시켜주는 증거로 받아들였다. 그러나 이 먼 나라, 그들 삶에서 지워 버린 이 빌어먹을 옛 나라에서 지금 벌어지고 있는 모든 일에 이토록 아프게 반응하게 될 줄은 그 누구도 예상치 못했다. 이 나라는 그들의 내장과 영혼에 앉아있고, 설사 모두 이 나라에 대해 생각한다고 할지언정, 그들은 또 각자 다르게 생각하며, 이 관계는 분리될 수 없으리라는 사실이 분명해졌다. 그것은 혈액 속에서 일어나는 어떤 화학 반응과도 같아서, 메스껍고, 시큼하고, 끔찍했다.

이미 오래전부터 이 나라는 꿈의 형태로만 존재하는지도 모를 일이었다. 그들은 모두 같은 꿈을 꾸었지만, 각자 다른 변형을 가졌다. 알릭은 내내 이 꿈들을 차곡차곡

모아 작은 공책에 써 내려갔고 이에 '이민자의 꿈 책'이라는 이름을 붙였다. 이 꿈의 구조는 다음과 같았다.

: 나는 러시아 집에 다니러 가는데, 거기서 어떤 장소에 갇히게 되거나, 문이 없는 어떤 장소, 혹은 쓰레기 컨테이너 같은 곳에 있게 되는 거다. 혹은 내게 미국으로 돌아갈 가능성을 주지 않는 다른 상황이 생긴다. 예를 들면, 서류를 잃어버린다거나 감옥에 갇힌다거나 하는 식으로. 어느 한 유대인은 심지어 죽은 엄마가 나타나 밧줄로 그를 묶어버렸다고.

알릭 자신에게 이 꿈은 우습게 변형되어 나타났다.

: 그는 모스크바에 도착한 것 같았는데, 모든 것이 밝고 아름답다. 옛 친구들이 어떤 방 많은 아파트에서 그가 온 것을 환영한다. 그 아파트는 친숙하지만, 주위가 잡동사니와 쓰레기 천지로 무섭게 방치된 곳이다. 그다음 모두 그를 배웅한다며 셰레메티예보 공항으로 가는데, 모든 게 죽을 때까지 영원하리라던 과거의 가슴 아픈 이별과는 완전히 다른 모습이다. 이미 탑승해야 할 시간이지만 갑자기 거기에 옛 친구인 사샤 놀릭코프가 나타나 그의 손에 몇 개의 개 목줄을 들이밀고는 사라진다. 그 줄 끝에 사랑스럽고 작은 잡종 개들이, 색이 알록달록 화려하고 라이카 혈통이며 브레첼 모양으로 구부러진 꼬리가 달린 이 개들이 흥분해서

뛰어다니며 춤춘다. 친구들은 모두 어디론가 가버렸고 알릭은 이 개들과 함께 서 있다. 이 개를 전해줄 만한 사람이 아무도 없고 뉴욕행 비행기 탑승이 이미 완료되었다는 안내 방송이 나온다. 어떤 항공사 직원이 그에게 다가와 비행기가 이미 이륙했다고 알린다. 그렇게 그는 이 개들과 모스크바에 남게 되고 웬일인지 영원히 남아야 한다는 것이 알려진다. 그가 걱정하는 것은 단 하나다. 닌카가 맨해튼의 작업실 월세를 어떻게 낼 것인가 하는 것. 그리고 바로 꿈속에서, 엘리베이터, 다락, 풍화되지 않은 거친 담배 냄새가 풍겼다...

"알릭, 말해봐요. 그곳의 삶이 나빴어요?" 티셔츠가 다시 그의 어깨를 잡아당겼다.

"바보 같기는. 우린 잘 살았어... 그럼, 우린 어디서나 잘 살지..."

그랬다. 그는 모스크바의 트루브나야 거리나 리고브카에 살았던 것처럼, 장기 거주든 사흘 거주든 여느 주소에서 살았던 것처럼, 그렇게 맨해튼에서도 살았다. 그는 새로운 연인의 몸을 대하듯, 그곳의 골목들과 어두운 길모퉁이들, 위험하고 아름다운 앵글들을 알아가면서, 새로운 장소에 빠르게 정착했다.

젊은 시절에는 모든 것이 엄청난 속도로 돌아갔다. 그

러나 세상에 대해 높아진 관심과 특별한 기억력으로 그는 무엇 하나 잊지 않았다. 그는 자기가 살았던 모든 방의 벽지 패턴, 가까운 빵집 판매원의 얼굴, 맞은편 집 현관의 장식 회반죽 무늬, 69년 플레셰예보 호수[58]에서 낚싯대로 잡은 강꼬치고기의 옆모습, 베레야[59] 피오네르[60] 캠프장에 뿔 한쪽이 쓰러진 채 우뚝 솟아있던 리라[61] 모양의 소나무를 기억해낼 수 있을 정도였다.

　마치 기억력과 주의력에 감사라도 하듯, 세상은 그에게 호의적이었다. 그는 비에 젖어 부풀어 오른 케이프 코드로 갔다. 전율하는 태양이 고개를 내밀었다. 그가 사과나무 옆을 지나갈 때, 그 순간을 기다렸다는 듯이 사과 하나가 그의 발치로 마치 선물처럼 떨어졌다. 이러한 특성은 기술의 세계로까지 확장되었다. 그가 전화번호를 누르면, 통화 중인 적 없이 바로 전화가 연결되었다. 물론 여기에 작은 속임수가 있긴 했다. 그의 이런 능력을 알고 누군가가 통화중인 번호로 대신 전화번호를 좀 눌러 달라 부탁하면, 그는 때로 몇 시간씩 거부하다가는 갑자기 순간을 포착해 상황

---

58) 야로슬라블주에 위치한 호수. 러시아 제국 시절 황제들의 휴양지로 이름난 곳

59) 모스크바에서 남서쪽으로 113km 떨어져 있는 도시. 모스크바주에서 가장 작은 도시

60) 소련 및 공산권 국가의 소년단 조직. 공산권 판 보이스카우트. 러시아어로 '개척자'
　　란 뜻.

61) 고대 그리스의 현악기, 수금. 별자리의 하나인 거문고자리 영어 이름이 여기서 왔다.

을 돌파해나가는 것이었다.

　그의 이러한 기쁨에 미국은 우정으로 분명하게 응답했다. 이 신세계의 새로움이 알릭의 영혼을 사로잡았다. 알릭에게 이곳은 신세계라는 말뜻 그대로 새로운 곳이었다. 세 사람이 손을 이어 겨우 안을 수 있을 만큼 기둥이 굵은 오래된 나무들도 젊고 강한 조직으로 구성된 것 같았다. 여기서는 모든 것이 더 견고하고 더 강하고 더 거칠었다. 제3세계 러시아인인 알릭은 나이 서른에야 비로소 미국도 유럽도 접하게 되었다. 시작은 빈과 로마였는데, 특히 이탈리아의 달콤함에 빠져 그는 거의 1년을 헤어 나오지 못했다. 미국에 와서 처음 몇 년간 쭉 지내보고 나서야 그는 유럽의 투명한 쇠락, 문화적 고상함, 심지어 피로까지도 부러워하는 미국을 이해할 수 있었고, 마찬가지로 유럽 또한 다소 도도한 듯 보이지만 속으로는 품이 넓고 기본이 되는 미국에 대해 부러운 태도를 보임을 알 수 있었다.

　붉은 브러쉬 같은 콧수염을 가진 알릭은 그 무렵 길고 뻣뻣한 머리카락을 목 뒤로 묶고 다녔는데, 제3의 재판관처럼 이 두 세계 사이에 섰다. 이보다 더 나은 재판관은 있을 수 없었다. 공정함이 그의 특징은 아니었다. 정반대로 믿을 수 없을 정도로 열렬히 편파적이었다. 그는 미국의 하이웨이와 그가 보기에 세상에서 가장 아름다운 인파라 할 수 있을 뉴욕 지하철의 인파, 그리고 미국의 길거리 음식과 거리 음악을 사랑했다. 그러나 그는 프랑스와 이탈리아 사이에서 부드러운 통로 역할을 하는 엑상프로방스 원형 광장들의 작고 둥근 분수들을 즐겼고, 로마네스크 건축을 사랑해서 그 잔해를 마주칠 때마다 만남에 기뻐했다. 단풍나무잎이나 자작나무잎처럼 울퉁불퉁한 그리스 섬의 해안가를 좋아했고 마르부르크나 뉘른베르크에서 매 순간 자신을 열어 보여주겠다고 약속했으나 약속을 이행하지 않았던 중세 독일을 사랑했다. 그러나 길에서 찾을 수 없던 모든 것은 매우 훌륭한 독일 박물관들에서 발견되었고, 독일 예술은 이탈리아 르네상스를 완전히 능가했다. 또 독일 맥주도 훌륭했다.

그는 어느 한쪽 편을 들어야 할 필요를 전혀 느끼지 못했고 오로지 자기 자신 편에 섰는데 그곳은 그가 모두를 똑같이 사랑할 수 있게 했다.

그는 티셔츠에게 무언가를 중얼거리다 채 말을 맺지 못하고 끝내고 말았다. 자신이 미국이나 유럽에 대해 하찮은 말만 늘어놓은 듯 느껴졌고, 자기가 점점 바보가 되어가서 설득력 있고 일관성 있게 말하지 못한다는 생각에 괴로웠다. 티셔츠는 그의 말을 주의 깊게 듣고는 질문했다.

"러시아를 사랑해요?"

"물론 사랑하지."

"왜요?" 티셔츠가 알릭에게 더 가까이 다가갔다.

"양배추 머리 때문에." 그는 대충 잘라 말했다.

티셔츠는 화가 치밀었다. 알릭의 병을 고려해야 한다는 것을 절대 알지 못했다.

"당신도, 결국 다른 사람들이랑 똑같아요. 왜인지를 설명하란 말이에요. 거기 사는 게 다들 아주 나빴다고 말하는데, 왜요 왜?"

알릭은 솔직하게 생각해보았다. 정말이지 간단치 않은 질문이었다.

"비밀을 알려줄까?"

티셔츠가 고개를 끄덕였다.

"귀를 가까이 대봐."

그녀는 그의 입술에 귀가 닿을락 말락 하게 귀를 기울였다.

"다들 털끝만큼도 모른다구. 아주 똑똑한 사람들만 겨우 이해하는 척 위장하고 있을 뿐이지."

"위, 뭐요?"

"위장. 모르면서 아는 척 꾸며댄다고."

"그럼, 당신도요? 당신도 그렇단 말이죠?" 티셔츠는 기뻐하는 것 같았다.

"나야 아는 척 대마왕이지."

두 사람 다 더없이 만족스러워 보였다. 이리나는 질투 어린 시선으로 그들을 바라보았다.

12

집주인은 완전히 똥멍청이였다. 알릭은 그의 목구멍에 걸린 가시처럼 거의 이십 년을 이 집에 붙어살았는데, 이에 대해 그는 어쩔 도리가 없었다. 집이 지금의 집주인 손에 들어오고 다락방이 비워지자마자 들어온 첫 번째 세입자였던 알릭은 그에게 월세를 지급했는데, 지금 그 돈의 가치란 웃기지도 않은 수준이었다. 예전 계약을 바꾸기란 불가능했다.

알릭이 좋아하는 오 헨리가 생생하게 묘사한 대로, 한때 낙후된 공장지대였던 첼시 지구는 최근 들어 거의 유행처럼 되었다. 바로 옆에 보헤미안적 삶, 뮤직 클럽의 흥겨움, 마약의 즐거움을 품은 그리니치 빌리지가 있어서, 여기서 발현한 밤의 유흥 문화가 이웃 동네를 장악하며 널리 퍼져나간 것이다.

　최근 이십 년 사이 이 지역 집세는 열 배 가까이 뛰어올랐지만, 알릭이 월세로 지급하는 액수는 고작 사백 달러였고, 그나마도 늘 지연되었다.

　집주인은 뉴욕 교외의 부촌에서 살았는데, '수퍼' 관리인이라고 불리는 관리인을 세워놓고 그에게 건물 관리부터 청소까지 업무 일체를 일임해 놓았다. 이것이 고용인의 의무였다. 이 '수퍼' 관리인 클로드는 입주 초기부터 이 건물에서 일해왔는데, 과거가 복잡하게 얽힌 반쯤 프랑스인으로 정말 특이한 사람이었다. 그의 들쑥날쑥한 이야기 속에서 바다 요트와 함께 트리니다드가 떠다니는가 하면, 위험한 사냥과 함께 북부 아프리카가 뛰쳐나오기도 했다. 대부분 지어낸 얘기 같았지만, 한편 그의 진짜 인생도 그만큼 흥미진진할 것이라는 인상을 주기에 충분했다. 그래서 알릭은 그의 또 다른 인생 경력을 생각해냈고 사람들에게 다음과 같이 장담했다. 위대한 타짜였던 그가 체포되어 터키 감옥에 수감되었다가 열기구를 타고 탈출했다고.

　예술적 관심도 박애주의적 태도도 잃지 않았던 클로드는 알릭을 구제했다. 알릭이 가장 힘들었던 시기에 두 번이나 그의 작품을 구매해준 것이다. 세상천지에 그림을 구매하는 건물 관리인은 정말이지 그리 많지 않다. 무엇보다 클로드는 니나를 사랑했다. 그는 니나의 집에 종종 들러 그녀와 수다를 떨었고, 그녀는 그에게 커피를 끓여주곤 했는데, 심지어 언젠가는 카드를 펼쳐놓고 '여왕 찾기'라는 바보 같은 타로점을 보기도 했다. 미국에 올 때 영어 단어는 하나도 몰랐던 닌카는 즉시 프랑스어 공부에 착수했다. 이것이 바로 그녀에게만 있는 특별한 백치미였다. 아마도 바로 이 때문에 클로드는 그녀를 그토록 사랑했는지 모른다. 그 자신 또한 이상한 구석이 많은 사람이었으므로 모든 사람 중 유일하게 그만이 알릭보다 니나를 더 좋아했다.

보통 오전에 들르던 클로드는 혼란스럽고 흐트러진 니나의 삶에 엄격한 질서적 요소가 존재하는 것을 목격했다. 그녀는 보통 한 시쯤 일어나 작은 소리로 기척을 했다. 그러면 알릭은 그녀를 위해 커피를 끓였고 찬물 한 잔과 함께 침실로 가져갔다. 보통 이 시간은 한참 작업하는 시간이라 이 시간대에 그는 그녀와 말도 하지 않았다. 그녀는 천천히 정신을 차렸고, 오랫동안 목욕했고, 친구가 모스크바에서 보내준 여러 가지 크림을 얼굴과 몸에 발랐고—현지 제품을 그녀는 인정하지 않았다—저 유명한 머리카락을 끊임없이 빗질했다. 니나는 젊었을 때 몇 년 동안 모스크바의 패션 하우스에서 일한 적이 있었는데 이 인생 최고의 시간을 결코 잊을 수 없었다.

검은 나이트가운을 입고 그녀는 다시 침실에 틀어박혀 놀랍도록 바보 같은 일들을 벌였다. 솔리테어[62]를 하든가 거대한 직소 퍼즐을 맞추거나 했다. 보통 이때 클로드가 도착했다. 그녀는 부엌으로 손님을 맞아들이고 골무만 한 찻잔에 한 잔 두 잔 마셨다. 그 정도 낮 시간대에 그녀는 먹지도 마시지도 못했다. 그녀는 정말 쇠약해서 담배도 저녁 시간 가까이 되어야만 피울 수 있었다. 첫 식사도 하고 첫 술도 해서 힘이 좀 생긴 후에.

알릭은 일곱 시쯤 되어서야 작업을 마쳤다. 돈이 생기면, 그들은 그리니치 빌리지의 어느 작은 식당으로 식사하러 갔다. 미국 정착 초기에 알릭은 꽤 잘나갔다. 당시엔 러시아 화가들이 그렇게 많지 않아서 그는 어느 정도 인기도 누렸다.

닌카는 미국 생활을 시작할 때 동양적인 것이라면 죄다 선호했고, 이것이 그녀가 온통 몰두하는 것이었기 때문에, 그들은 중국 식당이나 일본 식당에 다니곤 했다. 알릭은 물론 어디가 진짜인지 알고 있었다.

닌카는 저녁 외출을 앞두고 공들여 준비했다. 잘 차려입었고 신경 써서 화장했다. 필요한 서류를 전부 갖추어서 모스크바에서 데려온 노란 눈에 연회색 털을 지닌 고양이

---

62) 혼자 하는 카드놀이

카챠도 데리고 갔다. 카챠 또한 미칠 노릇이었다. 어느 멀쩡한 고양이가 사람 어깨에 발을 늘어뜨린 채로 매달려 몇 시간씩 가만히 있겠느냐는 말이다.

저녁 무렵 친구들이 찾아오면 건물 아래서 피자를 주문하거나 차이나타운에서 중국 음식을 주문하거나 그들이 아는 여느 레스토랑에서 음식을 주문했다. 식당 주인들은 닌카를 위해 뭐라도 작은 선물로 보내주곤 했다. 모두 맥주나 보드카를 가져왔는데, 당시엔 엄청나게 취하도록 마시지 않았다.

"여긴 풍토가 그래." 알릭이 말했다. "여긴 취한다는 개념이 없지. 단지 알코올 중독만 있을 뿐."

사실 그랬다. 미국 생활 삼 년 차에 닌카는 조금씩 마시고도 알코올중독자가 되었다. 그러나 그녀의 아름다움은 이로써 더욱 극대화되었다.

집주인은 일을 제대로 정리하기 위해 전날 도착했다. 쓰레기 처리 벌금과 관련해 클로드에게 책임을 묻고 알릭에게 지체 없는 퇴거를 요구하기 위해서였다. 집세 삼 개월 미납은 그 이유가 되기에 충분했다. 클로드는 끔찍한 질병과 아마도 임박했다고 할 수 있을 죽음에 대해 언급하면서 오랜 세입자를 변호하려 했다.

"내 눈으로 직접 봐야겠어." 집주인은 고집을 부렸고,

클로드는 오 층으로 그를 데려다주는 수밖에 달리 도리가 없었다.

열한 시가 되어 그들이 엘리베이터에서 내렸을 때, 삶은 최고조에 이르렀다. 장밋빛 스웨이드 얼굴을 한 덩치 큰 노인에게 누구도 주의를 기울이지 않았다. 그가 기대했던 난폭한 쾌락이나 특별한 러시아식 만취는 일어나지 않았다. 대신 텔레비전 주위에 사람들이 모여앉아 있었다. 그는 주위를 둘러보았다. 그는 이곳을 살펴본 지 아주 오래되었다. 장소는 훌륭했고 조금만 손을 대 고치면, 삼천오백에서 사천 달러까지도 받을 수 있을 듯했다.

"이 사람은 훌륭한 화가예요." 클로드가 눈으로 벽에 기대 세워놓은 그의 작품들을 가리켰다. 알릭은 자기 그림 걸어두는 걸 좋아하지 않았기 때문에 묵은 그림들이 그를 방해하고 있었다.

집주인은 그림을 흘끔 쳐다보았다. 그에게는 이곳 첼시에서 이십 년대에 저가 호텔을 경영한 친구가 있었다. 거의 하숙집에 가까웠고 비렁뱅이 예술가들, 실직 배우들 등 온갖 무리를 받아들였는데, 대공황 시절에도 어찌어찌해서 살아남게 되었다. 때때로 그는 세입자들로부터 월세를 받는 대신 그들의 서투른 그림을 특별히 싼 값에 사들여 복도에 걸었다. 그리고 세월이 흘러 그가 모은 그림들이 저가 호텔 열 채 값에 달할 만큼 되었다. 그러나 다 옛날얘기였고 세상은 변했다. 이제는 천지에 화가들이 넘쳐났다. '이 그림들은 아니지, 아니야.' 그는 다짐했다.

닌카는 클로드를 보고서 긴장하며 우아한 걸음으로 프랑스어 문구를 말할 준비를 하면서 다가갔지만, 말할 기회를 얻지 못했다. 클로드가 대뜸 이렇게 얘기했기 때문이다.

"집주인께서 업무차 들르셨습니다."

닌카는 의외의 날카로움을 드러내면서 살짝 미소를 띠었고, 새된 소리로 무언가를 말하면서 리빈에게 달려갔다. 그리고는 그의 머리를 붙잡고 귀에 대고 강경하게 속삭였다.

"저기 문가에 집주인이 있어. '수퍼'가 데리고 왔어. 그들이 알릭한테 달라붙어 있지 않게 해줘. 부탁이야."

리빈은 무슨 일인가 잠깐 곁눈질하고는 바보같이 기쁨의 미소를 띠며 집주인에게 다가갔다.

"아시다시피, 모스크바에 정치 쿠데타가 나서 우리 모두 좀 걱정하고 있습니다."

마치 이웃 국가 총리처럼 말했다. 그러면서, 배로 그들을 엘리베이터 쪽으로 밀어붙였다. 그들은 속수무책이었다. 이미 문간에 다다라, 웃음기를 거두고, 그는 또박또박 분명히 말했다.

"저는 알릭의 형제입니다. 늦어서 죄송합니다만, 제가 어제 모든 집세를 지급했습니다. 앞으로 이런 지연이 다시는 없을 것이라고 제가 보장합니다."

'이제 이 빌어먹을 아일랜드인이 고래고래 소리를 지르겠지.' 클로드는 생각했다. 그러나 집주인은 아무 말도 하지 않고 엘리베이터 버튼을 눌렀다.

13

이틀 내내 텔레비전은 꺼지지 않았다. 이틀 내내 전화
벨도 쉴새 없이 울렸고 문도 끊임없이 열렸다 닫혔다. 알릭
은 마치 빈 보온물주머니의 축 늘어진 고무처럼 납작하게
누워있었지만, 생기있어 보였기 때문에 모두 그가 한결 나
아졌다고 확신했다.

고전극 같은 이야기가 벌써 사흘간 전개되었고, 그들
이 그간 다소 울타리를 치고 살아왔던 과거가 이 기간에 그
들의 삶으로 다시 들어와서, 그들은 두려움에 떨었고, 눈물
흘렸고, 정부 청사 주변 어마어마한 인파 가운데서 아는 얼
굴들을 찾아 헤맸고, 어떤 순간을 기대했는데, 마침내 류다
의 아들이 갑자기 소리치는 순간이 왔다.

"아빠다, 봐요, 저기 아빠예요!"

화면에는 안경을 쓴 수염 난 남자가 있었다. 모두는 그를 아는 듯 여겨졌는데, 그는 고개를 약간 숙인 채 카메라를 향해 똑바로 걸어왔다.

류다는 두 손으로 목을 움켜쥐었다.

"아, 코스챠! 저기 있을 줄 알았어!"

그 무렵 쿠데타가 실패로 끝났음이 이미 분명해졌다.

"우리가 이겼어." 알릭이 말했다.

어디서 '우리'라는 말이 튀어나왔는지, 전혀 알 수가 없었다. 그러나 전쟁이 시작되었을 때 파리에서 빅토르 신부가 마주하고 놀랐던 그것이 바로 이 '우리'였다. 백위군 장교였던 그의 조부는 이민 후 신부가 되었고 그때 러시아와의 긴밀한 유대감을 느끼게 되었다. 이민 생활 내내 고수해 왔던 '그들'이 갑자기 '우리'로 변했고, 1947년에는 죽음을 각오하고 거의 러시아로 돌아갈 뻔했다.

리빈은 알릭에게 전혀 동의할 수 없었으나 오늘만은 논쟁하려 하지 않았고 단지 혼자 중얼거릴 뿐이었다.

"글쎄, 누가 실제로 이겼는지는 아직 분명히 알려지지 않았다구..."

모인 사람들 모두는 내전을 피했다는 것과 탱크가 도시를 떠났다는 사실에 기뻐했다.

뉴스 보도는 중단 없이 계속되었다. 루뱐카 광장에서[63] 제르진스키 동상을 내버리고 난 빈 주각을 비췄는데, 소비에트 권력의 모든 기념비 중 으뜸이 빈 받침대가 된 순간이었다. 스스로 치장했듯이 화강암과 대리석과 강철로 된 당은, 먼지처럼 바스러지고 망상처럼 사라졌다.

세 명의 희생자가 땅에 묻혔는데, 하늘의 손에 의해 군중으로부터 선택된 이 우연한 세 알의 모래알은 훌륭한 얼굴을 한 러시아인과 우크라이나인과 유대인이었다. 둘 위에는 향을 흔들었고, 세 번째 위에는 탈레스를[64] 덮었다. 이 나라에 그와 같은 장례식은 일찍이 없었다. 사람들이 수천, 수만 명 몰렸다.

오랫동안 축적되어온 썩고 병들고 사악한 모든 것들이 단번에 부서지고 무너지는 것 같았다. 엎어진 오물통처럼, 악취 나는 버려진 쓰레기 더미가 강물에 떠내려가듯이.

그리고 지금 여기 모인, 전에 러시아인이었던 이들은 온전한 한마음으로 기뻐했고, 이 기쁨을 평소보다 더 마시는 것으로 표현하는 대신, 옛 소비에트 노래들을 부르는 것으로 표현했다. 누구보다 발렌티나의 노래가 뛰어났다.

---

63) KGB본부가 있는 곳. 러시아 연방보안국 FSB와 국가보안위원회 KGB의 전신인 전 러시아 비상위원회 체카 설립을 주도한 인물이 펠릭스 제르진스키였다.

64) 유대인들이 기도할 때 머리를 덮는 덮개

주변이 온통 청록으로 우거졌네...
창문마다 나이팅게일이 지저귀며 노래하네...[65]

　이 동네, 이 아파트에는 청색도 녹색도 없었다. 그들의 새로운 나라에는 모든 색깔이 다른 음영, 다른 긴장 수준을 지니고 있다는 것을 모두 잘 알고 있었기에 각자는 자신의 어린 시절 기억 속 색깔들을 떠올렸다. 발렌티나는 비누기 머금은 푸른빛의 오카강 쪽으로 난, 양옆으로 어슴푸레한 참피나무가 줄지어 선 칼루가의 인스티튜트 거리를 떠올렸고, 알릭은 청색, 녹색으로 물든 모스크바 근교를 떠올렸는데, 그것은 믿음직스러우면서도 어딘지 애정 어린 불안 또한 깃든 봄 새싹의 빛이자, 한없이 흘러가는 온화한 하늘빛이었다. 파이카는 마리나 로샤[66]와 함께 쨍한 초록색 울타리를 배경으로 어설프게 꾸며진 앞마당과 거칠고 조악하게 만들어 올린 금빛 돔들을 떠올렸다.

　아래쪽에서 전에 들리던 음악이 다시 흘러나왔다. 일

---

65) 발렌티나가 부른 노래는 모스필름에서 1941년 선보인 콘스탄틴 유딘 감독의 소비에트 코미디 영화 『네 개의 심장』에 삽입된 곡으로, 예브게니 돌마톱스키의 노랫말에 유리 밀류친이 곡을 붙인 사랑 노래다. 극 중 여자 주인공이 부르는 노래인데 주인공 이름도 발렌티나다. 발렌티나 세로바. 이후 『파크롭스끼에 바로타』 등 수많은 영화들에 등장했다. 이 외에도 여러 작품에서 돌마톱스키의 노랫말은 소비에트 시절 국민적 인기를 누렸다.

66) 로샤는 그로브, 활엽수로 채워진 작은 숲을 가리키지만, 여기서 마리나 로샤는 모스크바 북부 리가역과 사볼로프역 사이에 위치한 지역명이다.

반적인 남아메리카 살사가 아니라 이번엔 뭔가를 두드리고 울부짖기도 하는, 어딘지 거칠고 무의미한 음악이었다. 다른 누구보다 음악에 예민한 알릭은 애원했다.

"리빈, 제발 좀, 가서 어떻게든 쟤네 입 좀 다물게 해봐."

리빈은 나타샤를 붙잡고는 사라졌다.

텔레비전에는 군중이 자꾸만 늘어갔다. 방에도 사람들이 많았는데, 심지어 화면 안과 밖 두 세계는 어떻게든 연결된 듯했다. 때때로 알릭은 익숙한 얼굴들 사이로 낯선 얼굴 하나가 번쩍하고 빠르게 지나가는 것을 눈치챘다. 그는 이마에 가죽끈을 두르고, 이상한 흰옷을 입은 키 작은 백발의 노인을 보았으나 어쩐지 초점이 맞지 않았다.

"니나, 저 노인 누구야?" 그가 물었다.

닌카는 깜짝 놀랐다. 알릭이 집주인을 알아본 건가?

"저기 저 작은 사람 말이야, 수염 하얗고..."

닌카는 주위를 둘러보았지만 그런 노인은 없었다.

참을 수 없는 음악도 어느덧 사라졌다. 대신 아이들 한 무리가 나타났다. 어딘지 이상하고 호감을 주지 않는 아이들이었는데, 짐승의 얼굴을 하고 있었다. 늦은 저녁이었음에도 몹시 더웠다. 발렌티나가 다가왔다.

"뭐 필요한 거 있어?"

"뭐든 시원한 노래를 불러줘."

발렌티나는 알릭 옆에 앉아 바싹 말라붙은 그의 다리를 끌어안고 조용히, 그러나 분명히 알아듣도록 노래했다.

아, 추위, 추위여, 나를 얼리지 말아라.
나도, 내 말도 얼어붙게 하지 말아라...[67]

발렌티나의 목소리는 정말 시원했고, 마치 물 위로 막 나아가기 시작한 장난감 배의 흔적처럼, 섬세한 잔물결을 공기 중에 흩뿌려놓았다.

알릭은 두꺼운 갈색 모피코트를 껴입고 그 위에 좋아하는 버클이 달린 벨트를 매고, 흰 스카프 위로 꽉 끼는 비버램 모자[68]를 눌러 쓴 자신을 보았다. 그는 등받이가 둥글게 굴려진 썰매를 타고 있는데, 그 앞으로 어머니의 펠트 부츠가 걸어가고 푸른 외투 아랫자락이 회색 펠트에 펄럭인다. 그의 입은 양모 스카프에 단단히 묶여있는데, 입술 부위의 스카프는 축축하고 따뜻하지만 숨을 세게, 아주 세게 쉬어야 한다. 왜냐하면, 숨쉬기를 멈추는 순간, 얼음 막이 이 따뜻한 숨구멍을 막아버리고 스카프는 단번에 얼어

---

67) 러시아 민요로 보로네쉬 합창단 솔리스트였던 마리아 파블로브나 모로조바-우바로바가 최종판을 확정했다. 1954년 남편 알렉산드르 미하일로비치 우바로프와의 듀엣곡으로 쓰였다. 1956년 음반으로 출시되었다.

68) 털을 짧게 깎은 양털 모피 모자

붙어 날카롭게 찌를 테니까.

아이들은 점점 더 많아졌고 마찬가지로 모피코트를, 푹신하게 눈 덮인 모피코트를 입었고...

문이 쾅 닫히면서 엘리베이터에서 리빈이 여섯 명의 파라과이인들과 함께 쏟아져 내렸다. 파라과이인들은 하나같이 키가 작고, 검은 바지에 흰 셔츠를 입고 있었고, 작은 북, 트레쇼트카,[69] 콜로투슈카[70]를 들고 있었다. 그들은 각자의 악기 소리를 요란하게 내면서 걸어갔다.

"니나, 도대체 이 사람들 어디서 온 거지?" 알릭이 의심스러워하며 물었다.

"리빈이 데려왔어."

리빈은 취해서 제정신이 아니었다. 그는 알릭에게 다가갔다.

"알릭! 알고 보니 끝내주는 놈들인 거지. 술을 마시라고 잔을 줬거든, 내가. 손에 잔을 들고 있으면 연주를 못 할 거 아냐. 그리고 정말 맞았지. 멋진 녀석들인데 문제는 영어를 모른다는 거야. 한 놈은 그래도 조금은 하더라고. 그런데 다른 놈들은 글쎄 스페인어도 썩 신통치가 않아. 자

---

69) 클래퍼, 작은 나무판 한쪽을 꿰어 연결한 것을 흔드는 방식으로 소리를 내는 전통 타악기

70) 비터, 손잡이를 흔듦으로써 실로 매단 작은 나무추가 목판을 두드리게 하여 소리내는 전통 타악기

기네 말은 원래 과라니어[71]인가 뭐 그렇다지. 우린 아주 쪼끔 마셨다구. 내가 말했지. 친구가 아파. 그러니까 그들이 말하는 거지. 아픈 사람들을 위한 특별한 음악을 연주할 수 있어요. 그래? 재밌는 녀석들이라니까..."

한편, 재밌는 녀석들은 앞사람 뒤통수를 보고 줄지어 섰다. 갈색의 동그란 얼굴에 상처가 있는 맨 앞 사람이 북을 두드리자 그들은 짧은 다리를 쭈그린 채로 한발 한발 원을 그리며 움직였는데, 리듬감 있게 흔들리면서 절규하는 들숨 같은 이상한 소리를 냈다.

최근 몇 주 동안 그들의 음악에 지친 여자들은 약간 웃음을 터뜨리기도 했다.

그러나 여기, 이 아파트에서, 그 음악은 완전히 다르게 들렸다. 섬뜩하리만치 진지했고, 거리 예술과 관계가 있다기보다는, 비교할 수 없이 더 중요한 무엇과 관계가 있었다. 그 속에는 심장 박동, 폐의 호흡, 물의 흐름, 심지어 소화되면서 끄르륵거리는 소리도 있었다. 이 악기들조차-오 주여!-해골과 작은 뼈로 되어 있었고, 뼈대 자체가 마치 축제를 위한 장식처럼 매달려 있었다. 마침내 음악이 잦아들었지만, 사람들이 이 틈에 끼어들어 윙윙거릴 새도 없이,

---

71) 남아메리카 원주민 언어 가운데 케추아어 다음으로 사용자가 많다. 파라과이, 볼리비아, 아르헨티나가 주요 사용국이다.

그들은 다른 방향으로 돌아서서 다시 줄지어 원을 그렸고, 이어서 다른 음악이 흘렀다. 고대의 으스스한 음악이...

"죽음의 춤이다." 알릭은 그렇게 짐작했다.

이제 이 음악의 의미가 글자 그대로 죽어가는 몸에 대한 이야기라고 생각되자, 그는 그들이 방향을 바꿔 태양 운행의 반대 방향으로 움직인 것이 이어질 주제에 대한 서막이었음을 알게 되었다. 지난 몇 주 동안 그를 그토록 짜증스럽게 했던 단조롭고 애처로운 그 음악이 이제는 알파벳처럼 분명하게 들렸다. 그러나 그것은 무언가 미처 다 말하지 못한 채 끊겨버렸다.

손님들이 더 도착했다. 알릭은 무리 중에 학창 시절 자신의 물리 선생이었으며 별명이 갈로쉬인 니콜라이 바실리예비치를 발견하고는 놀라 어리벙벙했다.[72] 그가 노년에 이민을 왔단 말인가? 지금 도대체 몇 살이나 되었을까? 전차 밑에 깔렸던 동급생 콜카 자이체프도 보았다. 마른 몸에 주머니가 달린 스키 재킷을 입고 헝겊 누더기 공을 발로 걷어차 올렸었지. 그가 그것을 끌고 온 것이 어찌나 사랑스러운지. 어린 시절 백혈병으로 죽은 사촌 무샤가 손에 대야를 들고 방을 가로질러 왔는데, 이미 완전히 성인 여자였다. 그에게는 이 모든 것이 조금도 이상하게 보이지 않았고, 오

---

72) 궂은 날씨에 신발 위에 덧신는 고무장화

히려 모두 질서 잡힌 듯했다. 심지어 오래 묵은 오류와 잘못이 이제야 바로잡힌 느낌마저 들었다.

피마가 다가와 그의 차가운 손을 만졌다.

"알릭, 이제 마실 그만 끝낼까요?"

"그래." 알릭이 동의했다.

피마는 그의 가볍디가벼운 몸을 들어 침실로 옮겼다. 알릭은 입술이 파랬고 손톱 또한 옅은 푸른색이었는데 머리카락만은 변치 않는 짙은 구릿빛으로 불타고 있었다.

'저산소증이야.' 피마는 자동으로 알아챘다.

니나는 창턱에서 약초즙이 든 병 하나를 꺼냈다.

파라과이인들 중 우두머리 격인 그들의 통역사는 발렌티나에게 다가와 그녀의 머리카락을 만져봐도 되는지 허락을 구했다. 그는 한 손으로는 자신의 거칠고 석탄같이 빛나는 머리 타래를 만지고, 다른 손으로는 다양한 색깔로 물들인 발렌티나의 머리카락 가닥 가닥을 쓰다듬고 나서 웃었다. 그녀의 알록달록한 머리가 그를 어느 정도 기쁘게 했다. 이주 전쯤 그들은 열대우림에 있는, 이제는 잃어버린 그들의 커다란 마을을 떠나 뉴욕으로 왔지만, 이 새로운 세계의 진기한 것들을 모두 손으로 만져볼 수 있었던 것은 아니었다. 발렌티나는 순간 이상한 느낌이 들었는데, 마치 누가 자기 머리에 튜베테이카를[73] 씌워놓은 것 같았다. 그렇지만 어떤 불쾌한 느낌도 없었고, 몇 분 후 다 지나갔다.

알릭은 공기를 낚아채려 애썼다. 그는 할 수 있는 한 더 깊게 호흡해야 하지, 그렇지 않으면 스카프 속 따뜻한 구멍이 점점 조여들 것이라는 걸 잘 알고 있었다. 그는 경련을 일으키며 숨을 들이마셨다. 날숨보다 들숨이 컸다.

"지쳤어..."

피마는 죽은 나뭇가지처럼 마른 그의 손목을 꽉 쥐었다. 횡격막 근육이 죽어가고 있었고, 폐도 죽어가고 있었고, 심장도 죽어가고 있었다. 피마는 왕진 가방을 열고 곰곰이 생각했다.

장뇌를 써서 그의 지친 심장을 움직이게 하고 얼마간 질주하도록 해 볼 수 있을 것이다. 얼마나 버텨줄까? 아니면 모르핀을 쓸 수도 있을 것이다. 기분 좋은 망각이겠지만 거기서 다시는 헤어날 수 없겠지. 그냥 되는 대로 내버려 둔다면, 하루나 이틀... 얼마나 버틸지는 아무도 장담할 수 없다.

이 나라는 고통을 증오했다. 고통을 존재론적으로 거부하고, 즉각적인 근절이 요구되는 특별한 경우 정도로만 여겼다. 고통을 부정하는 이 젊은 국가는, 철학, 심리학, 의

---

73) 챙이 없는 중앙아시아 모자. 주로 우즈베키스탄이나 카자흐스탄, 타지키스탄처럼 러시아어권 무슬림 국가에서 쓴다.

학 집단이 총체적으로 단일한 직무에 종사하도록 만들었다. 어떤 대가를 치르더라도 인간을 고통으로부터 구해야 한다는 임무였다. 피마의 러시아적 두뇌에는 이러한 이념이 자리잡기 힘들었다. 그를 키운 토양은 고통을 사랑하고 소중히 여겼으며 심지어 그것을 자양분으로 삼았다. 고통 속에서 인간은 성장하고 성숙하고 현명해졌다. 수천 년간 고통이라는 필터를 거쳐 증류되어 온 피마의 유대인 혈통도 고통이 없으면 무너지는 매우 중요한 어떤 요소를 품고 있었다. 그런 종류의 사람들은 고통을 벗어나면 발아래 딛고 선 토양 또한 잃게 된다.

그러나 이 모든 것은 알릭과는 관계가 없었다. 피마는 자기 친구가 삶의 마지막 때에 그토록 잔인한 고통에 시달리는 것을 원치 않았다.

"니노치카, 지금 구급차를 불러야겠어요." 피마는 속마음보다 훨씬 더 단호하게 말했다.

14

　구급차는 십오 분 뒤에 도착했다. 농구 선수만 한 키에 턱이 튀어나온 건장한 흑인 청년이 작은 키에 안경을 써서 식자처럼 보이는 남자와 함께 왔다. 흑인이 의사였고, 다른 사람은 아마 도망 나온 폴란드인이나 체코인일 텐데, 자기처럼 미국 의사 시험을 통과하지 못했을 거라고 피마는 생각했다. 그는 이 유사점이 반갑지도 유쾌하지도 않았다. 피마는 창가로 물러섰다.

　흑인 의사는 침대 시트를 들치고 알릭의 눈앞에서 자기 손을 좌우로 흔들었다. 알릭은 어떤 반응도 보이지 않았다. 의사는 그의 손목을 잡았는데, 그 모습이 마치 거대한 손안에서 익사한 연필 같았다. 그가 내뱉은 문장은 상당히 길었고 전혀 이해할 수 없었다. 그가 인공호흡기와 입원에 대해 말하고 있는 것이리라 피마는 곧 추측할 수 있었지만, 정작 그를 병원으로 데리고 가겠다는 건지 아니면 반대로 데려가지 않겠다는 건지는 알아듣지 못했다.

하지만 닌카는 고개를 흔들고 머리카락을 헝클어트리면서 알릭을 절대 내줄 수 없다고 러시아어로 말했다. 의사는 그녀의 수척해진 아름다움을 빤히 바라보고는, 긴 속눈썹이 달린 커다란 눈꺼풀을 내리며 말했다.

"알겠습니다, 부인."

그는 큰 주사기에 앰플 세 개 분량의 액체를 넣고는 거의 존재하지 않는 알릭의 허벅지의 피부와 뼈 사이에 주입했다.

안경잡이는 뭔가 갈겨쓰던 것을 끝내고는 코가 긴 얼굴에 덥수룩한 눈썹을 괴로운 듯 추켜올리며 피마에게조차 끔찍하게 들리는 억양으로 의사에게 말했다.

"여자분 상태가 안 좋아 보이는데 진정제나 다른 거 뭐라도 좀 놓아 주어야..."

의사는 조언자 쪽은 쳐다보지도 않은 채 손에서 장갑을 벗어 가방 안에 던지고는, 무언가 경멸하는 듯한 말을 중얼거렸다. 이에 피마는 몸서리쳤다. 그가 알릭에게 무엇을 해 줄 수 있겠는가.

'내가 왜 여기 이렇게 멍청이같이 앉아있는 거지? 가만히 앉아만 있지 않겠어. 돌아가야만 해.' 피마는 이 모든 잃어버린 시간 가운데 처음으로 이렇게 생각했다. 그러다 문득 화들짝 놀랐다. 내가 정말 다시 의사가 될 수 있을까? 러시아어로 이 빌어먹을 시험을 모두 다 통과할 수 있을까? 그런데, 누가 하리코프에서 그에게 시험 보라고 할까, 거기선 졸업장이면 족하지...

쓸모없는 의료진이 떠나자, 니나는 갑자기 야단법석을 떨었다. 다시 약초즙이 든 병을 가지고 뛰어다니기 시작했다. 그녀는 알릭의 발치에 앉아 자기 손바닥에 즙을 따르고는 알릭의 다리를 문지르기 시작했는데, 발가락 끝에서부터 정강이까지, 계속해서 허벅지까지 나아갔다.

"그 사람들은 아무것도, 정말 아무것도 몰라. 뭐라도 아는 사람이 정말 아무도 없어, 알릭. 그들은 아무것도 믿지 않아. 하지만 난 믿어. 주님, 저는 믿습니다." 그녀가 한 줌, 또 한 줌 손에 붓자, 얼룩이 침대 시트에 묻고 또 사방으로 튀었다. 그녀는 처음엔 다리를, 다음엔 가슴을 맹렬히 문질렀다. "알릭, 알릭, 뭐라도 좀 해봐, 무슨 말이라도 좀 해봐. 염병할 밤 같으니라고. 내일은 나아질 거야, 그럴 거야."

그러나 알릭은 아무 말도 하지 않고 경련을 일으키며 가쁘게 숨 쉴 뿐이었다.

"니나, 좀 누울래요? 알릭 마사지는 내가 할게요. 알았죠?" 피마가 말하자 그녀는 의외로 순순히 그러겠다고 했다. "저기 조이카가 지키고 있어요. 오늘밤에 여기서 당번 서겠다고 했어요. 당신은 저기 카펫 위에 누울래요? 조이카 보고 여기 앉으라고 하고요."

"가라고 그래요. 아무도 필요 없어." 그녀는 알릭의 다리 쪽에 얼굴을 두고는, 알릭이 이미 자리를 거의 차지하지 않게 된 넓은 침상을 가로질러 누웠다. 그리고 계속해서 말했다. "우리 자메이카나 플로리다에 가자. 큰 차를 빌려서 모두 데리고 가는 거야. 발카도 리빈도,[74] 데려가고 싶은 사람은 전부 다 같이. 가는 길에 디즈니랜드도 가고. 알릭, 그러자, 응? 아주 멋질 거야. 모텔에서 묵는 거야, 전처럼 말이야. 그들은 쥐뿔도 몰라, 그 의사들 말이야. 우린 약초로 당신을 일으킬 거야. 아직 그렇게 일으키진 못했어... 아직 그렇게는 치료하지 않았으니까..."

"당신 좀 자야 해요, 니나."

그녀는 고개를 끄덕였다.

"마실 거 가져다줘요."

피마는 그녀에게 마실 걸 가져다주려고 갔다. 손님들은 흩어졌다.

작업실 구석에는 조이카가 회색 표지의 도스토옙스키를 끼고 움츠리고 있었고, 당번을 위해 호출되기를 기다리고

---

74) 발렌티나의 애칭

있었다. 남아있는 손님 중에 누군가는 담요 밑에 머리를 숨기고 자고 있었다. 류다는 컵을 씻으면서 피마에게 물었다.

"어때요?"

"극한의 고통입니다." 피마는 단 두 마디만 말했다.

그는 니나에게 마실 것을 가져왔다. 그녀는 마신 다음 알릭의 발 앞에 웅크렸고 알아듣기 어려운 말을 중얼거리다 곧 잠들었다. 그녀는 무슨 일이 일어나고 있는지 아직 이해하지 못하는 것 같았다.

내일, 말하자면 이미 오늘은 피마의 근무일이었고, 내일모레 그는 휴가를 낼 수 있을 것이고, 다음 날은 아마 더는 필요치 않을 것이다. 그는 침상에 앉아 카펫 같은 털이 덥수룩해진 울퉁불퉁한 무릎을 뻗었다. 비뚤어진 실패자, 얼간이였다. 그는 지금 주스 섞은 보드카를 우울하게 홀짝이며 앉아있는 것, 알릭의 입술을 마르지 않게 적시는 것(그는 이미 전혀 삼킬 수가 없었다) 마땅히 일어날 일을 기다리는 것 외에 더는 할 수 있는 일이 없었다.

아침이 다가오자 알릭의 손가락이 약하게 떨리기 시작했고, 피마는 닌카를 깨울 때가 되었다고 판단했다. 그는 그녀의 머리를 쓰다듬었고 그녀는 멀리 어딘가에서 돌아왔다. 언제나처럼 그녀는 어디로 돌아온 것인지 생각해내느라 시간이 오래 걸렸다. 그녀의 두 눈이 살아났을 때, 피마는 그녀에게 말했다.

"니나, 일어나요!"

그녀는 남편 위에 몸을 기댔고, 그녀가 잠든 길지 않은 시간 동안 그에게 일어난 변화에 다시금 놀랐다. 그의 얼굴은 열네 살 소년 같았다. 어리고, 고요하고, 밝게 빛났다. 그러나 숨소리는 거의 들리지 않았다.

"알릭." 그녀는 손으로 그의 머리와 목을 만져보았다. "아, 알릭..."

그의 민감한 반응에는 늘 초자연적인 면이 있었다. 그는 그녀의 부름에 어떤 거리에서도 즉각적으로 응답했다. 그는 다른 도시에 있더라도 그녀가 그를 그리워하고, 그녀가 그를 필요로 하는 바로 그 순간에 그녀에게 전화할 정도였다. 그러나 지금 그는 답이 없다. 영원히 그럴 것이다.

"피마, 이거 뭐예요? 이 사람 왜 이러는 거예요?"

피마는 그녀의 가녀린 어깨를 감싸 안았다.

"죽어가고 있어요."

그리고 그녀는 그 말이 사실이라는 걸 알았다.

그녀의 투명한 두 눈이 살아났다. 그녀는 마음을 추스르고는 예기치 않게 단호한 태도로 피마에게 말했다.

"나가요, 그리고 당분간 여기 들어오지 말아요."

피마는 아무 말도 하지 않고 나갔다.

15

류다는 머뭇거리며 침실 문을 노크했다.

"다 나가, 전부 다 나가!" 니나의 몸짓은 너무 커서 연극적이기까지 했다.

턱을 무릎에 기댄 채 구석에 앉아있던 조이카는 깜짝 놀랐다.

"니나, 내가 알릭 옆에서 지킬게."

"모두 나가라잖아! 나가라고!"

조이카는 얼굴을 붉히고 몸을 떨면서 엘리베이터 쪽으로 달려 나갔다. 류다는 작업실 한가운데 어리둥절하게 서 있었고 잠든 손님은 머리까지 담요를 당겨 덮고 코를 골았다. 닌카는 부엌으로 달려가 찬장 깊숙한 데서 하얀 파이앙스 도자기 수프 그릇을 꺼냈다.

순간 어느 멋진 날이 눈앞에 펼쳐졌다. 그들은 워싱턴에 가서 슬라브카 크레인의 집에 머물렀는데, 그는 쾌활한 베이시스트였지만 직업재교육을 통해 우울한 프로그래머가 되었다. 마침 알렉산드리아 지구의 공원 근처 작은 식당에서 아침을 먹고 난 후였다. 연금수급자들이 거리에서 매우 엉망이지만 완전히 공짜인 음악을 들려주고 있었고 크레인은 그들을 벼룩시장으로 데리고 갔다. 아주 기분 좋은 날이었기 때문에 뭐라도 멋진 것을 사고 싶었지만 단 몇십 센트짜리여야 했다. 물론 정말 적은 액수였다. 그때 머리털이 회색이고 손이 기형인 아름다운 흑인을 만나게 되어 그들은 그에게서 보스턴 차 사건[75] 시대의 영국 수프 그릇을 샀고 어떻게 해도 가방에 들어가지 않는 이 커다랗고 불편한 물건을 온종일 들고 다녔다. 크레인은 누군가를 마중인가 배웅인가 한다고 차를 가지고 가버린 후였다.

'그래서 우리가 그때 이걸 샀던 거야.' 수프 그릇에 물을 따르며 닌카가 생각했다.

그녀는 몸을 곧게 쭉 펴서 최대한 키가 커지게 한 채로 수프 그릇을 얼굴 높이까지 치켜들고 옆면을 입술로 누르면서 침실로 의기양양하게 들고 갔다.

---

75) 영국의 지나친 세금 징수에 반발한 미국의 식민지 주민들이 인디언으로 위장해 1773년 12월 16일 보스턴 항에 정박한 배에 실려 있던 차 상자를 바다에 버린 사건으로 미국 독립전쟁의 불씨가 됨.

'완전히, 진짜 완전히 미쳤다니까. 뭘 하려는 걸까?' 피마가 인상을 찌푸렸다.

그녀는 자신이 다른 사람들을 다 쫓아냈다는 사실을 이미 잊었다.

수프 그릇을 그녀는 빨간 등받이 없는 의자 위에 조심스럽게 올려놓았다. 서랍에서 초 세 개를 꺼내서 불을 붙이고 아래를 녹인 다음, 파이앙스 도자기 측면에 붙였다. 그녀는 단번에 이 모든 걸 쉽게 해냈다. 필요한 것들이 기다렸다는 듯 그녀를 향해 튀어나온 것 같았다.

그녀는 벽에서 종이 이콘[76]을 떼어낸 다음, 이걸 여기에 붙인 어떤 이상한 사람을 떠올리고는 미소 지었다. 그는 당시 그들의 건물에서 지냈던 수많은 노숙 이민자 중 하나였다. 닌카는 그런 주민 아닌 주민에게 별다른 관심을 보이지 않았고 보통은 그들을 거의 눈치채지도 못했지만, 그 사람은 당장 쫓아버리라고 그녀가 알릭에게 청했었다. 그러자 알릭이 말했다.

"닌카. 입 다물어. 우리는 너무 잘 지내고 있는 거야."

그는 미치광이 젊은이로 씻지도 않고 몸에 무슨 체인 같은 걸 칭칭 감고 다녔고 미국을 싫어했다. 그는 그리스도가 미국에 계심을 환상으로 보지 않았다면 여기 오지도 않

---

76) 성상

앉을 것이라며 그분을 찾아야 한다고 했다. 그래서 아침부터 저녁까지 센트럴 파크를 샅샅이 뒤지며 그분을 찾아다녔다. 후에 누군가 도움을 주어, 그는 캘리포니아로 떠났는데, 그가 찾아간 사람 역시 그분을 찾고 있었고 세라핌인가 세바스티안인가 하는 미국인이었는데, 들리는 바로는 마찬가지로 미치광이에 수도사라고 했다.

니나는 이콘을 수프 그릇에 기대어 세워놓고는 잠시 생각에 잠겼다. 어떤 생각인가가 그녀를 괴롭혔다. 이름이 문제였다. 그의 이름이야말로 정말이지 말도 안 되는 거였다. 고인이 된 조부를 기리기 위해 부모는 그를 아브라함이라는 이름으로 등록했다. 그러나 사람들은 그를 알릭이라 불렀고, 이혼하기 전까지 그의 부모는 아이를 이런 터무니없고 도발적인 이름으로 부르자는 생각이 도대체 누구 머리에서 나온 것인지를 두고 늘 다퉜다. 어쨌든 가까운 친구들조차 다 그의 진짜 이름을 아는 것은 아니었다. 그가 미국 공식 서류에 자신의 이름을 알릭이라고 등록했기 때문에.

무슨 이름이든 간에 그 이름을 지닐 시간이 얼마 남지 않은 이 사람은, 때때로 경련을 일으키며 숨을 헐떡였다.

닌카는 교회력을 찾으려 서둘렀고 책장으로 손을 넣어 마구 뒤졌고, 겨우 꽂혀있는 엉킨 책더미에서 오래된 교회력을 바로 찾아냈다. 날짜 8월 25일 아래 이렇게 씌어있었다. 순교자 포티, 아니키타, 팜필, 카피톤, 거룩한 순교자 알렉산드르의 날... 다시 모든 것은 옳았다. 이름이 들어맞았다. 모두 그녀 편이었다. 그녀는 미소지었다.

"알릭," 그녀는 남편을 불렀다. "흥분하지 말고 화내지도 마. 내가 세례를 줄게."

그녀는 긴 목에서 테르스 코사크인이었던 조모의 금 십자가 목걸이를 벗었다. 마리아 이그나티예브나가 그녀에게 모두 설명해주었다. 누군가 죽어가고 있다면 어느 기독교인이나 세례를 줄 수 있다. 금 십자가로든, 아니면 십자가로 묶인 성냥개비로든. 물로든, 아니면 모래로든. 이제는 그녀가 외운 간단한 단어들을 말해야 할 때가 되었다. 그녀는 성호를 긋고 십자가를 물에 담그고는 쉰 목소리로 말했다.

"성부와 성자와 성령의 이름으로..."

그녀는 물에 십자가를 그린 다음 손을 수프 그릇에 담그고 물을 한 줌 떠올려 남편의 머리에 뿌리면서 예식을 마쳤다.

"...하느님의 종 알릭에게 세례를 주노라."

그녀는 알렉산드르라는 그렇게 딱 들어맞는 이름이 매우 결정적인 순간에 자기 머리에서 튀어나왔다는 것을 눈치채지 못했다.

그리고 무엇을 더 해야 할지 알지 못했다. 손에 십자

가를 쥐고 그녀는 알릭 주위에 앉아서 세례수 묻은 손가락
으로 그의 얼굴이며 가슴을 문질렀다. 초 하나가 구부러졌
다. 그런데 물리 법칙을 무시하고 바깥쪽이 아니라 이제는
거룩하게 된 그릇 안쪽으로 쓰러졌다. 쉭 소리를 내며 꺼졌
다. 니나는 십자가 목걸이를 그의 목에 걸었다.

"알릭, 알릭." 그녀가 그를 불렀다.

그는 응답이 없었다. 다만 그르렁거리는 목으로 숨을
내쉬고는 다시 조용해졌다.

"피마!" 그녀가 소리쳤다. 피마가 들어왔다.

"내가 뭐 했는지 좀 봐요. 그에게 세례를 주었어요."

피마는 전문가답게 처신했다.

"글쎄요, 세례, 세례라... 그는 더 나빠질 순 없을 거예요."

모든 것을 제대로 해냈다는 놀라운 확신의 감정과 활
기가 갑자기 니나를 내던졌다. 그녀는 등받이 없는 의자를
구석으로 밀어 넣고 알릭 옆에 누워서 무슨 헛소리를 마구
해댔는데, 피마는 이를 주의 깊게 듣지 않았다.

문이 열리고 키플링이 들어왔다. 사흘 밤낮을 꼬박
문가에 앉아 주인을 기다린 조용한 개였다. 키플링이
머리를 침상에 올렸다.

'저 녀석을 끄집어내야 해.' 피마는 생각했다. 벌써 일
하러 가야 할 시간이었다. 기분이 상한 조이카는 가버렸다.

밤사이 가버린 건 류다도 마찬가지였다. 피마는 구석에서 잠든 사람을 깨웠다. 피마의 예상대로 리빈이 아니라 슈물이었다. 그럴 만도 한 것이, 슈물은 어디 서둘러 갈 데가 없었는데, 십 년에 이르는 지난 미국 생활 내내 지원금을 받아 살고 있기 때문이었다. 피마는 정신 차리라고 그를 흔들고는 그에게 응급처치법과 자기 직장 전화번호를 남겼다. 이제는 꼬리를 흔들며 문가에서 얌전히 기다리고 있던 키플링을 밖으로 꺼내놓는 일만 남았다. 그리고 일하러 가면 되었다.

16

세례 다음날 닌카는 침실에서 나오지 않았다. 알릭의 다리를 꼭 붙잡고 누워있었고, 누구도 안으로 들여보내지 않았다.

"조용히 해, 조용히. 그가 자잖아." 누군가 문을 열려고 할 때마다 그녀가 말했다.

그는 의식을 잃은 상태였고, 어쩌다가 씨근거리며 숨을 몰아쉬었다. 이때 주변에서 하는 말을 그는 모두 들을 수 있었지만 아주 멀리서 들리는 것만 같았다. 때때로 그는 사람들에게 모든 게 다 괜찮다고 말하고 싶었으나 스카프가 단단히 묶여있어 그걸 풀 수가 없었다.

동시에 그는 새로운 감각에 사로잡혔다. 그는 가볍고 안개 같고 상당히 동적인 자신을 느낄 수 있었다. 그는 마치 흑백 영화 속에서 움직이는 것 같았는데, 다만 검은색은 충분히 검지 않았고 흰색은 충분하게 희지 않았다. 마치 필름이 낡고 닳아서 그런 것처럼, 거의 모든 것이 회색 톤을 띠게 되었다. 그는 이 모든 것이 전혀 불쾌하지 않았다.

그가 지난 몇 달간 그토록 갈망했던 이 움직임은, 마약성 환희에 비견될 만한 지극한 기쁨을 가져다주었다. 말끔히 씻긴 도로 가장자리에 드리운 그림자가 어렴풋이 눈에 익었다. 일부는 나무 실루엣을 연상시켰고 일부는 사람 그림자 같기도 했다. 다시 학창 시절 스승 니콜라이 바실리예비치 갈로샤가 나타났고 알릭은 스스로 기분 좋게 밝히기를, 수학자이자 냉철하고 엄격한 지성의 소유자인 니콜라이 바실리예비치의 등장이야말로 지금 벌어지고 있는 일이 전적으로 현실임을 증명하는 동시에, 이것이 혹 꿈이나 어떤 망상 같은 것은 아닐까 하는 그의 묘한 불안을 제거해준다고 했다. 니콜라이 바실리예비치는 그를 분명히 알아보고는 환영하는 몸짓을 했고, 알릭은 이내 그가 자신을 향해 오고 있다는 걸 깨달았다.

니나는 다시 병들을 쨍그랑 부딪치며 소리를 냈지만, 그는 이 소리가 한결 기분 좋았고 음악처럼 들리기까지 했다. 그녀는 약초즙 남은 것을 한 움큼 부으면서 알아들을 수 없는 말을 속삭였으나 이것이 그에게 방해가 되진 않았다. 전혀 방해되지 않았다. 그 무렵 갈로샤는 이미 완전히 가까이 와있었고 알릭은 그가 소리 없이 입술을 만지고 있는 것을 보았다. 학교 다닐 때도 그랬었다. 이것이 그의 습관인 것을 알릭은 그간 잊고 지냈는데 지금 다시 그 기억이 다정하게 되살아난 것이다. 이것 역시 매우 설득력을 더했다. 아니야, 이건 꿈이 아니야. 다 진짜야...

한낮에 에어컨 설치 건으로 기술자가 왔다. 금 체인을 몸에 두른 무심한 표정의 물라토[77]였는데, 썩 건강해 뵈지는 않는 젊은 조수와 함께 왔다. 알릭의 친구 중 한 명이 출장비를 냈다. 닌카는 그들을 방으로 들여보냈고 그들은 죽어가는 사람 쪽은 눈길조차 주지 않고 빠르게 에어컨을 재설치했다. 실내의 열기가 제법 빠르게 먼지 머금은 냉기로 바뀌었다. 그리고 발렌티나가 왔다. 닌카는 그녀를 방안으로 들여보내지 않았고, 발렌티나는 먼저 돌아와 있는 조이카와 함께 작업실에 앉았다.

티셔츠는 구석의 더러운 흰색 카펫 위에서 담요를 머리 바로 아래까지 올려 덮은 편안한 자세로 언젠가는 원서로 읽기를 꿈꾸며 영어 번역본 책을 읽고 있었다. 그 책은 『위대한 해방의 책[78]』이었다. 어제저녁부터 티셔츠는 자신

---

77) 흑인과 백인의 혼혈
78) The Tibetan book of the great liberation, 월터 에반스 웬츠의 티베탄 시리즈

이 남자가 아니라서 티베트 수도승으로 출가할 수 없다는 게 얼마나 유감인지에 대해서만 온통 생각하고 있었다. 그래서 아침부터 엄마한테 가슴을 반으로 작게 만드는 수술을 할 수 있는지 묻기까지 했다. 마치 그것이 자신을 티베트 승려로서의 삶이라는 아름다운 운명에 다가갈 수 있도록 해주기나 하는 것처럼.

배게 여러 개가 알릭의 등 뒤에 받혀져 있어서 그는 침대에 거의 앉은 자세로 있었다. 니나는 그의 거뭇해지고 바싹 마른 입술을 적셨고, 빨대로 물을 넣어 보려고 해봤지만, 물은 그대로 밖으로 흘러나왔다.

"알릭, 알릭." 그녀가 그를 부르고 만지고 쓰다듬었다. 그의 장골[79]에 입술을 대고 혀를 아래로 내밀어 인간을 둘로 나누는 잘 눈에 띄지 않는 선을 따라 배꼽까지 밀고 갔다. 그의 몸에서 낯선 냄새가 났고 그의 피부에서는 쓴맛이 났다. 그녀는 두 달 동안이나 끊임없이 이 고통 속에 그를 절여온 것이다.

그녀는 붉고 곱슬곱슬한 짧은 털에 얼굴을 묻고는 꼼짝하지 않았다. 그리고 생각했다. 그래 이 털은 하나도 변하지 않았어.

마침내 그녀는 그를 괴롭히는 것을 멈췄다. 그때 갑자

---

79) 엉덩뼈, 골반을 구성하는 뼈 중 가장 큰 뼈

기 알릭이 매우 분명하게 말했다.

"니나, 나 다 나았어."

8시에 피마가 근무를 마치고 왔을 때, 그는 침실에서 매우 이상한 광경을 목격했다. 검은 나이트가운을 입었던 니나는 알몸으로 알릭을 향해 앉아 약초즙으로 자신의 멋진 팔을 닦으면서 말하고 있었다.

"그것 봐. 정말 도움이 된다니까. 얼마나 좋은 약초인지.."

그녀는 반짝이는 눈으로 피마를 올려다보면서 엄숙하게, 그러나 꿈꾸듯 말했다.

"알릭이 내게 말했어요, 나았다고..."

'죽었다.' 피마는 그렇게 예상했다. 그는 알릭의 손을 만졌다. 텅 비어 있었다. 그의 손에서 북소리가 떠나갔다.

피마는 침실에서 작업실로 나와 손잡이 달린 큰 병에서 값싼 보드카 반 잔을 따라 마셨고, 작업실 이쪽 끝에서 저쪽 끝까지 몇 번을 왔다 갔다 했다. 사람이 아직 그렇게 많지는 않았다. 좀 늦게 모여들 것이었다. 아무도 피마를 보지 않았다. 모두 자기 일로 바빴다. 발렌티나와 리빈은 알릭의 주사위 놀이를 하고 있었고, 조이카는 닌카한테 배운 타로 카드를 펼쳤고, 자기 삶에, 안 그래도 분명히 외로운 자기 삶에 더한 분명함을 가져오려고 애썼다. 파이카는 달걀 프라이에 마요네즈를 뿌려 먹었다. 그녀는 모든 음식을 마요네즈와 함께 먹었다. 모스크바의 류다는 설거지를 이미 다 끝내고 모스크바에서 새로운 소식이 오기를 기다리며 아들과 나란히 텔레비전 앞에 앉아있었다.

"알료샤, 텔레비전 꺼. 알릭이 죽었어." 피마가 조용히 말했다. 너무 조용히 말해서 사람들은 미처 듣지 못했다. "다들 들어, 알릭이 죽었어." 그가 여전히 조용히 다시 말했다.

엘리베이터가 털썩거리고 이리나가 들어왔다.

"알릭이 죽었어." 그가 그녀에게 말하자 그제야 마침내 모두가 들었다.

"벌써?" 마치 피마가 그녀에게 알릭이 영원히 살 거라 약속했지만, 그의 때 이른 죽음으로 계획이 다 틀어지기나 한 것처럼, 발렌티나에게서 커다란 슬픔이 터져 나왔다.

"아, 젠장!" 티셔츠는 책을 집어 던지고 엘리베이터를 향해 달려가다가 엄마를 거의 발 걸어 넘어뜨릴 뻔하면서 이렇게 소리쳤다.

이리나는 다친 어깨를 문지르면서 문가에 서 있었다. '러시아를 한 일 주일 다녀와야겠어. 카잔체프네 기샤도 찾아봐야지.' 기샤는 알릭의 누나였다. '기샤는 아마 완전 노인이 되었겠지. 알릭보다 열네 살이나 많았으니까. 나를 좋아했는데...'

조이카는 카드를 옆으로 밀치고는 울음을 터뜨렸다.

다들 웬일인지 옷을 입기 시작했다. 발렌티나는 긴 인도 치마에 머리를 집어넣었다. 류다는 샌들을 신었다. 모두 침실로 가려고 했지만, 피마가 막아섰다.

"잠깐만요, 닌카는 아직 모른다고요. 그녀에게 말해야 해요."

"자네가 말하지." 리빈이 부탁했다.

피마는 침실 문을 살짝 열었다. 거긴 모든 게 그대로였다. 알릭은 주황색 침대 시트를 턱까지 끌어올려 덮은 채 누워있고, 닌카는 긴 손가락으로 자신의 좁은 발을 문지르면서 바닥에 앉아 이렇게 말하고 또 말했다.

"이거 좋은 약초야, 알릭. 엄청난 힘을 가지고 있어..."

거기엔 키플링도 있었다. 알릭의 침상에 영리하고 슬픈 머리와 함께 앞발을 올려놓았다.

'개가 죽은 사람을 무서워한다고들 알고 있다니, 얼마나 어리석은가.' 피마는 생각했다.

그는 닌카를 일으켜 세웠고, 바닥에서 그녀의 젖은 나이트가운을 주워 올려 그녀의 어깨에 걸쳤다.

그녀는 순순히 말을 들었다.

"그는 죽었어요." 피마가 이미 한 말이었다. 그는 알릭 없는 이 새로운 세상에 자신이 이미 익숙해진 듯 느껴졌다.

닌카는 조심스럽고 투명한 눈으로 그를 바라보며 미소 지었다. 그녀의 얼굴은 지쳐있었고 다소 교활했다.

"알릭이 나아졌다잖아..."

그는 침실에서 그녀를 데리고 나왔다. 발렌티나는 이미 그녀에게 마실 것을 가져오고 있었다. 닌카는 마셨고 누구를 향한 것이 아닌 세속적인 미소를 지었다.

"알릭은 나았어, 알지? 그가 나한테 직접 얘기했어..."

조이카가 멀리서 무슨 소리를 냈다. 웃음소리 같았다. 그녀는 입을 틀어막으며 부엌으로 달려갔다. 아래서 누군가 인터폰을 울렸다. 니나는 밝고 산만한 얼굴로 안락의자에 앉아 막대기로 잔에 든 얼음을 쫓았다.

진정한 오필리아였다. 훌륭한 권투선수들이 그렇듯, 그녀는 아무것도 알고 싶어 하지 않음으로써 자신을 방어했다. 모든 것이 옳았다. 그는 그녀를 떠날 수 없었다. 그녀는 늘 현실 밖에서 살았고 그는 늘 그녀의 광기를 덮었다. '있어, 이 광기에는 나름의 논리가 있어.' 이리나는 여기서 더는 할 일이 없었다. 빨리 떠나고 싶었다.

그녀는 아래로 내려갔다. 티셔츠는 건물 출입구에서 그녀를 기다리고 있지 않았다. 그녀는 딸을 놓쳤다. 이리나는 차량의 느린 흐름을 가로질러 맞은편 카페로 들어갔다.

눈치 빠른 흑인 바텐더가 확신에 차서 물었다.

"위스키?"

그리고는 바로 거기 잔을 놓았다.

'아, 물론 알릭의 친구겠지.' 이리나는 그렇게 생각했다. 손가락으로 맞은편 건물을 가리키면서 말했다.

"알릭이 죽었어요."

그 사람은 누구 얘기를 하는 건지 바로 알아들었다. 그는 은반지와 팔찌로 치장한 손을 짤랑거리며 들어 올렸고, 검은 자메이카 얼굴을 찡그리며 성경의 언어로 말했다.

"주여, 왜 우리에게서 가장 좋은 것을 거두어가십니까?"

그런 다음 두꺼운 병에서 거칠게 무언가를 따라 단번에 마시고는 이리나에게 말했다.

"저기, 아가씨, 니나는 좀 어때? 돈을 좀 전해주고 싶은데."

누군가로부터 아가씨라는 말을 들어 본 게 실로 오래되었다.

그때 갑자기 이리나의 머릿속 회로에 불이 켜졌다. 그는 어디로도 이주하지 않은 것처럼 살았다! 자기 주변에 자신만의 러시아를 세웠다. 이미 존재하지 않은 지 오래고, 심지어 정말 있었는지조차 알 수가 없는 그런 러시아를. 경솔하고 무책임한 사람... 여기서는 그렇게 살지 않는다. 그리고 어디서도 그렇게는 살지 않는다. 젠장, 그의 매력이 도대체 뭐길래 내 어린 딸까지 홀딱 빠져버린 것일까? 그는 그 누구를 위해서도 특별히 뭔가를 한 적이 없었는데도 왜 사람들은 모두 그를 위해 무엇이라도 불사하겠다는 것일까? 모르겠다, 정말 모르겠어. 이해할 수가 없어...

　　이리나는 카페 구석에 있는 공중전화부스로 가서 카드를 집어넣고 긴 번호를 눌렀다. 해리스의 집에는 자동응답기가 설치되어 있었고, 그의 사무실에서는 원숭이같이 생긴 나이 든 비서가 전화를 받아 그는 지금 바쁘다고 말했다.

　　"급한 일이에요. 바꿔줘요." 이리나는 부탁하면서 자기 이름을 밝혔다.

　　해리스가 바로 수화기를 들었다.

　　"나 이제 시간 돼. 주말에 갈 수 있어."

　　"전화해, 마중 나갈게." 그의 목소리는 다소 건조하게 들렸지만, 이리나는 그가 기뻐하고 있다는 걸 알고 있었다.

　　불그스름하고 건조한 얼굴, 깔끔한 콧수염, 거울처럼 반들거리는 대머리... 소파, 컵, 레몬... 정확하게 숫자로 계산할 수 있는 11분의 사랑... 그의 넓은 가슴에 난 덥수룩한 털에 머리를 묻을 때의 완전히 보호받는 느낌... 이 모두는 지극히 진심이고, 이제는 결말을 봐야 할 때다.

17

과거는 물론 취소될 수 없다. 그렇다, 그중에서 무엇을 없던 일로 할 수 있을까.

그녀는 보스턴에서의 마지막 공연을 마치고는 호텔로 가지 않고 바로 공항으로 갔다. 표를 샀고 두 시간 뒤 뉴욕에 내렸다. 1975년의 일이다. 러시아를 떠날 때 바지 주머니에 넣어 온 돈 중에서 표를 사고 나니 주머니에 남은 돈은 430달러였다. 잘한 일이었다. 서커스단에서는 현금을 바로 주지 않았고 쇼핑비 명목의 돈을 마지막 날 주겠다고만 약속했다. 하지만 더는 기다릴 수 없었다.

그녀는 비행기에 앉아 시계를 한번 쳐다보고는 오늘 저녁이 아니라 내일 아침에 시작될 스캔들을 상상했다. 오늘 관리자들은 땀을 뻘뻘 흘리며 싸구려 호텔로 달려가 방마다 문을 두드리며 마지막으로 이르카를 본 게 언제냐고 사람들을 추궁할 것이다. 희생 제물이 따로 없지. 인사 담당은 일터에서 날아갈 테고, 그것은 거의 확실하다. 은퇴한 아버지는 뭔가 장사를 하고 있고 어떻게든 헤쳐 나가고 있다. 현명한 어머니는 이를 기뻐하고 있고. 내일은 어머니에게 전화를 걸어야지. 전화를 걸어, 모든 일이 다 잘되고 있으니 아무것도 걱정하지 말라고 말해야지.

뉴욕에서 그녀는 도움을 약속한 서커스 매니저 페레이라에게 전화했다. 그는 집에 없었다. 나중에 밝혀진 바로는 뉴욕에 있지 않았다. 그는 자신의 부재에 대해 이리나에게 미리 말하는 걸 잊어버린 것이었다. 그녀가 우연히 가지고 있던 다른 전화번호는 3년 전 프라하의 서커스 축제에서 만난 피에로 레이의 것이었다. 그는 집에 있었다. 그녀는 그에게 자신이 누구인지를 설명하느라 애를 먹었다. 갖가지 의심을 뒤로하고 그는 그녀를 기억해내지 못했음에도 그녀의 방문을 허락했다.

뉴욕에서의 첫날 밤은 꿈처럼 지나갔다. 레이는 친구와 함께 빌리지의 작은 아파트에서 살고 있었다. 그 친구가 문을 열어주었는데, 날렵한 젊은이로 여자 수영복을 입고 있었다. 그들은 정말 좋은 사람들이었고 그녀를 전적으로 도와주었다. 나중에 레이가 인정한 바로는, 자신에겐 이리나에 대한 기억이 전혀 없었으며 자신이 프라하에 있었는지조차 확신할 수 없다고 했다.

부탄-이리나는 이 이름이 레이 동거인의 성인지, 별명인지 알지 못했다-이 미국에서 이미 5년 동안 불법체류 중이었던 이유로, 그녀의 미친 행보조차 그들에겐 그렇게 미친 짓으로 보이지 않았다. 당시 그들은 돈도 없고 일도 없이 지냈고 아파트 월세를 어떻게 충당할지 고민 중이었다. 다음 날 아침 그들은 이리나의 돈으로 월세를 지급하고는 돈벌이를 위해 나갔다. 센트럴 파크에서 하는 그 일에도, 그들의 말에 따르면, 이르카는 행운을 가져다줄 것이었다.

처음 며칠간 그녀는 자신의 공중곡예 아이템들을 가지고 매트 위에서 몸부림쳤고, 다음엔 헝겊 인형을 다섯 개 꿰매서 손에, 발에, 머리에 차례로 얹었는데, 이 돈벌이는 꽤 성공적이었다. 이르카는 레이의 방 옆 방에서 소파 쿠션 세 개를 붙여놓고 겸손하게 잠을 잤고, 그들의 성적 자유를 침해하지 않으려 애썼다. 그러나 얼마 지나지 않아 부탄이 그녀와 가까워지자 레이는 이로 인해 불안해하기 시작했다. 그들의 삼중 동맹이라는 이상은 이런 식으로 일촉즉발의 상황에 빠지곤 했다. 이르카는 여전히 그들과 함께 일하러 나가곤 했지만 빨리 다른 생존 방식을 찾아야 함을 분명히 깨닫게 되었다. 그렇지만 그들은 대체로 좋은 사람들이었고, 그녀는 새로운 토양에 적응하는 이 극심한 털갈이 시기에 안정감을 찾을 수 있었다. 미국의 거의 절반은 그녀 같은 사람인 듯했다.

그러던 8월의 어느 날, 그녀는 센트럴 파크의 작은 동물원 입구 주변에서 혼자만의 퍼포먼스를 마치고 난 후, 이십 분간 그녀의 유쾌한 근육질 팔, 다리 시범을 주의 깊게 지켜보던 알릭의 품에 안겨있는 자신을 발견하게 되었다.

그리고 이십 분 뒤 그녀는 바로 그 다락방, 당시 아직 파티션 작업이 되어있지 않았던 알릭의 다락방으로 들어갔다. 알릭은 당시 이미 이 년 동안 미국에서 살고 있었다. 열심히 작업했고, 작품도 잘 팔렸다. 그는 행복했고 독립적이었으며 이민자로서 성공적으로 자리잡아 가고 있었다. 그는 작고 민첩한 동물의 몸에 대담한 사람의 얼굴을 지닌 이르카를 바라보았고, 그가 놓치고 있었던 것이 바로 그녀라는 것을 깨달았다.

그들이 헤어진 때로부터 칠 년이 지났다. 그 시간을 유기된 시간처럼 느꼈으므로 그들은 서둘러 잃어버린 말, 몸짓, 움직임을 만회하려 애썼다. 하루 24시간으로는 시간이 모자랐다. 모든 것이 유리처럼 투명했고 다리가 땅을 딛고 있지 않았다.

어느 날 밤, 집으로 돌아가는 길에 그들은 어느 부잣집에서 버린 커다란 흰색 카펫을 발견했고 그것을 어렵사리 알릭의 작업실로 끌고 왔다. 이제 이르카는 앞에 영어 문법 책을 들고 그녀에게 자연스러운 연꽃 자세로 카펫에 앉아 있다. 문법 공부부터 해야 한다는 것이 알릭의 생각이었다. 그녀가 문법을 깨부수는 동안 알릭은 석류를 만지작거렸다. 온 집안이 분홍빛과 진홍빛, 갈색으로, 또 바싹 마른 것과 부러진 것, 썩은 것으로 넘쳐났고, 타오르는 즙을 짜낸 말라붙은 시체들로 가득 찼다.

그 당시 그의 그림 속에서 석류는 한 개로, 한 쌍으로, 혹은 몇 개씩 무리 지어 교환과 전환이 이루어지곤 했다. 그리고 이 단순한 조작을 통해, 그는 모두에게 알려진 숫자의 배열 안에서 아직 발견되지 않은 새로운 숫자를 드러낼 수 있으리라 예측할 수 있었다. 이를테면 7과 8 사이의 무엇과 같은...

이리나는 알릭의 작업실에서 88일 동안 지냈다. 그들은 먹고, 이야기 나누고, 껴안고, 더운물로 샤워했는데,-그때도 더위가 수도관을 데웠다-이 모든 것은 행복, 아니 행복의 시작이었다. 이 모든 것의 끝은 상상할 수 없었기 때문이다. 스콧 조플린의 곡이 밤공기를 타고 쏟아져 내렸다.

이리나의 단단한 입술에 희미한 부드러움이 비쳤다. 그녀는 자신이 임신했음을 알았고, 머리부터 발끝까지 온

몸이 육체적 행복으로 가득 찼다.

그는 이 사실을 알지 못했기 때문에 무엇을 해야 할지 잘 알지 못했다. 그 무렵 그는 마침 출국 직전 갈라섰던 닌카가 오기를 기다리고 있었다. 그녀와 갈라선 것이 장난이었는지 진지한 것이었는지 그 자신도 명확히 알 수 없었다. 그녀의 아버지는 그녀가 출국하는 것을 결단코 허락하지 않았을 것이고, 알릭은 이주하기로 굳게 결정했던 것이다. 그가 떠난 후 닌카는 자신의 조용한 광기를 전면에 드러내기 시작했고, 자살을 시도했고-이미 두 번째 자살 시도였다-정신병원에 누워 전화를 걸고 또 걸었다. 드디어 닌카와 결혼할 가짜 미국인을 찾아냈고, 닌카는 가상의 남편에게 가서 영구적으로 살겠다는 서류를 신청했다. 그런 서류가 종종 몇 년 동안 돌아다니기도 했다.

알릭은 칼로 분홍빛의 긴 멜론 가운데를 갈랐고, 멜론은 둘로 갈라졌다. 전화벨이 울렸다. 행복에 겨운 닌카가 출국 허가를 받았다며 이미 비행기 표를 끊었다고 알려왔다.

"참, 이제 이 상황을 어떻게 빠져나가야 할지 모르겠군."

이르카에게는 이 모든 이야기가 완전히 놀라운 소식일 따름이었다.

"니나는 나 없이 못살아. 너무나 약해."

이르카가 강하다는 것, 그녀가 물구나무서서 지붕 가

장자리를 걸어 다닐 수 있다는 것, 그녀가 자기 상사나 다른 어떤 권력도 두려워하지 않는다는 것을 그는 잘 알고 있었다. 그래서 그는 스테이튼 아일랜드에 사는 자기가 아는 사람들에게서 월세방을 얻으라고 그녀에게 제안했고, 그는 자신이 처한 이 어리석고 절망적인 상황을 단계적으로 해결해 나가겠다고 말했다. 수년이 흘러도 줄어들지 않은 이리나의 자존심을 그는 잊었다. 닌카가 도착하기 일주일 전, 알릭이 아는 사람들과 모든 준비를 다 끝냈을 때, 이르카는 알릭의 집을 떠났고 그녀는 이것을 영원한 이별로 알았다.

18

　이리나는 카페에서 나와 다음에 무엇을 해야 할지 모르는 채로 거리에 서 있었다. 아마 집에 가야 할 것이다. 무엇보다 티셔츠가 벌써 집에 가 있을 테니. 그때, 지붕에 에어컨이 설치된 밴이 알릭의 건물 입구로 다가와 「No standing any time(항시 주차 금지)」표지판 바로 아래 멈춰 섰고, 유니폼 입은 두 사람을 뱉어냈다. 머리가 벗겨진 찰리 채플린 닮은 세 번째 사람이 여행 가방을 들고 후다닥 그들 뒤를 따랐다.

　'영구차야.' 이리나는 생각했다. '집에 가자. 얼른 집에 가야지.'

　피마는 장의사들을 맞이했다. 공간 재배치가 필요했다. 그는 발렌티나에게 고개를 끄덕였다.

"여기서 니나 좀 잡고 있어요."

그러나 니나는 어디로도 움직이지 않았다. 다 해진 흰색 안락의자에 앉아 알 수 없는 말을 계속 중얼거리면서 약초니 하느님의 뜻이니 알릭의 성격이니 하는 것들을 언급했다.

두 명의 선량한 청년과 그들의 키 작은 상사는 침실에 갇혔다. 알릭이 이 코믹한 트리오에 웃을 수 없다는 게 유감스러웠다.

피마가 장례식 세부 일정에 대해 그들과 상의하는 동안-그들 중 찰리 채플린이 관리자 같았다-선량한 젊은이들이 여행 가방에서 두꺼운 비닐로 된 커다란 검정 봉지를 꺼냈다. 저녁마다 길을 가득 메우는 쓰레기 봉지 같았다. 민첩한 세 번의 동작으로 그들은 마치 가게에서 산 물건을 쇼핑백에 넣듯이 알릭을 봉지에 집어넣었다.

"잠깐, 멈춰요." 피마는 작업을 멈추게 했다. "잠깐만 기다려봐요. 그의 아내가 보지 않았으면 하는데..."

그는 작업실로 가서 순순히 말을 듣는 니나를 안락의자에서 끌어내 부엌으로 데려갔다. 거기서 그는 그녀를 살짝 자신에게로 끌어당기며 안았다. 면도하지 않은 그의 뺨이 바늘처럼 뾰족한 잔주름으로 뒤덮인 그녀의 긴 목에 닿았다. 그가 물었다.

"헤이, 버니, 뭐 하고 싶어요? 풀이나 한 대 태우러 갈래요?"

"아니에요. 담배 피우고 싶지 않아요. 술이나 더 마셔야..."

그는 그녀의 손목을 잡고 삼십 분간 버텼다.

"주사를 놓아줄게요, 어때요? 좋은 주사예요." 그는 어떤 칵테일 약을 주사해야 그녀가 바로 나가떨어져 당분간 벌어질 일들에 스위치가 탁 꺼질 수 있을까 가늠했다.

그가 넓은 등으로 부엌문을 막고 서 있는 동안, 장의사들은 오래되고 망가져서 더는 필요 없는 물건을 끌어내듯이 그 검은 봉지를 그녀 옆을 통과해 밖으로 내어갔다.

직원들이 해치백 차량의 트렁크를 열고 검은 봉지를 밀어 넣었을 때, 이리나는 이미 지하철로 향하고 있었다.

피마는 니나에게 주사를 놓았고, 그녀는 잠들었다. 누워있던 남편을 데려간 바로 그 주황색 침대 시트 위에서 다음 날 아침까지 잤다. 이상하게도 그녀는 알릭이 어디에 있냐고 한 번도 묻지 않았다. 때때로 깊은 잠에서 잠시 헤어날 때면, 부드럽게 미소 지으며 이렇게 말할 뿐이었다.

"당신은 도대체 내 말을 듣질 않네요, 내가 말했잖아요, 그 사람 나을 거라고..."

사람들이 오고 또 왔다. 많은 사람이 그의 사망 소식을 모른 채 그냥 들른 길이었다. 그는 이 대도시의 유대계 러시아인 공동체에 속한 사람들 말고도 아는 사람이 정말 많았다. 알릭이 언젠가 로마에서 사귄 이탈리아인 가수인가

하는 사람도 왔고, 맞은편 카페 주인이 정말 수표를 끊어서 오기도 했다. 리빈은 오랜 러시아식 전통을 따라 돈을 걷었다. 모스크바에서 온 사람들도 있었는데, 어떤 사람은 알릭에게 보내는 편지를 가져왔고 또 다른 사람은 알릭의 오랜 친구라고 했다. 누구도 알지 못하는 노숙자들도 다녀갔다. 전화가 파리에서도 오고 야로슬라블에서도 왔다.

빅토르 신부는 임종 직전 알릭이 세례받은 소식을 듣고는 신음하고 두 팔을 벌리고 머리를 흔들며 말했다.

"모든 것이 하느님의 뜻이로다..."

존경받는 정교회 신부가 달리 무슨 말을 할 수 있었겠는가?

장례식 전날 아침, 그는 니나를 방문해 그녀를 자신의 낡은 자동차에 태워 텅 빈 교회에 데려다주었다. 그날 예배는 없었다. 그는 자신이 집전하지 않은 세례를 받은 사람을 위해 시신 부재의 장례식[80]을 거행했다. 그는 이런 경우를 위해 미리 생각해 둔 최상의 말을 낮고 웅장하게 울리는 소리로 읊었다. 니나는 기뻐했고, 천사와 같은 아름다움으로 빛났다. 발렌티나는 천창(天窓)으로부터 먼지 가득한 빛줄기가 쏟아지는 가운데 촛불을 들고 그녀의 뒤에 서서는, 남의 남편을 사랑한 자신의 죄를 스스로 사했다.

---

80) 본래 정교 장례식에는 반드시 죽은 자의 시신이 있어야 한다.

먼지 가득한 텅 빈 공기 속에서 빅토르 신부의 음성이 메아리쳐 울리다 사라져 갈 즈음, 발렌티나는 흙이 든 네모 난 봉지, 기도문이 적힌 흰 리본, 종이에 인쇄된 작은 성상을 빅토르 신부로부터 전해 받았다. 관에 넣을 물건들이었다.

발렌티나는 휘청거리는 닌카의 팔을 붙잡아 택시에 태웠다. 낡아빠진 노란 차에 몸을 실으면서도 닌카는 마치 롤스 로이스를 타고 버킹엄 궁전의 만찬장에라도 가는 듯, 자신의 작은 머리를 숙이고 어깨를 움츠렸다.

'가엾은 새 한 마리가 내 머리 위에 내려앉았다.' 발렌 티나는 한숨을 내쉬었다. '주님, 제가 정말 수년간 이 사람을 미워한 게 맞습니까?'

19

로빈스 장례 회사 소유주는 저 이름난 유대인의 완고
함을 깨뜨렸다. 더욱 인도적이고 상업적으로도 타당성이
입증될 만한 종교적 관용에 이르는 파격 행보를 보인 것이
다. 우선 지난 오십 년간 '유대인 장례 협회'가 '장례의 집'
으로 변경되었는데, 때때로 다른 종교의 이색적인 의식을
거행할 수 있는 독립된 네 개의 홀을 갖추고 있었다. 마침
지난주에 로빈스씨는 그중 한 홀에 스크린을 설치해야 했
다. 매장 전 고인의 관을 세워둔 채로, 그의 유언에 따라, 장
례 직전 친지들과 친구들에게 고인의 생전 공연 모습이 담
긴 세 시간짜리 영상을 상영하기 위해서였다. 그는 탭 댄서
였다.
　알릭의 장례식 시나리오는 비교적 간단했다. 어떤 종

교의식도 주문하지 않았고 로빈스가 꽤 괜찮은 화강암 작업장을 소유했음에도 묘비도 일체 생략했다. 대신 묘지 내 가격이 상당히 나가는 유대인 구역에 묫자리를 봐달라 하고 값을 치렀다. 사실 그 자리는 형편없었다. 담장 바로 밑이었고 길도 나 있지 않았다.

　예식은 세 시로 예정되어 있었는데, 세 시 십 분 전이 되자 로비에 사람이 가득 찼다. 현직 로빈스는 4대 경영자로, 불황이라고는 전혀 모르고 고생 한 번 해 보지 않은 레반트계[81] 외모의 잘생긴 노인이었는데, 그는 이 상황에 적잖이 당황했다. 그는 예식에 참석한 사람들의 특징에 따라 고인이 된 고객 자신에 대해서도 알 수 있다고 여겼다. 그는 자기 직업이 지니는 가장 흥미로운 점 중 하나로 이 심리 게임을 꼽았다. 그런데 이번에는, 고객의 재력을 바로 알 수 없었을 뿐 아니라, 친지들이 그를 유대인 구역에 매장해야 한다고 단호하게 지정하기는 했지만 어디 사람인지조차 의심스러웠다.

　모인 사람 중에는 흑인들도 있었는데, 유대인 장례식에서 흑인이 관찰되는 경우는 매우 드물었다. 옷차림새를 봐서는 예술계에서 활동하는 사람들 같았다. 한 노인의 얼

---

81) 근동의 팔레스타인과 시리아, 요르단, 레바논 등이 있는 지역을 가리키는 말. 라틴어로 '떠오르다'를 뜻하는 단어 'levare'에서 왔기 때문에 '해가 떠오르는 곳', 즉 동쪽에 있는 나라를 가리킨다.

굴이 낯익었는데, 이름은 기억나지 않지만 잡지 표지에서도 보고 텔레비전에서도 본 유명 색소폰 연주자였다. 또 몇 몇 남아메리카 인디오들도 참석했다. 백인 손님들도 완전 가지각색이었다. 완고해 뵈는 유대인 부부, 부유한 갤러리 주인들 같아 보이는 화려한 앵글로 색슨족도 몇 명 있었고, 품위 있어 보이는 부류부터 주정뱅이 부랑자에 이르기까지 다양한 종류의 러시아인들도 있었다. 로빈스는 러시아 출신의 이민 4세대 미국인이었지만, 러시아어와 함께 이 위험한 나라와 그 나라의 정신 나간 사람들에 대한 낭만적인 애착 또한 잃어버린 지 오래였다.

'이상한 고객이야.' 그는 생각했다. '음악가가 틀림없어.'

그는 심지어 이 일반적이지 않은 고인을 직접 보려고 직원 전용 구역을 통해 우회해 들어갔다.

3시 정각에 닌카가 들어왔다. 모두가 숨을 크게 들이마셨다가 내쉬었다. 넓은 베일이 달린 검은 실크 모자 아래로 저 유명한 은발 섞인 금발이 양쪽으로 떨어져 내렸다. 검은색 미니 드레스 위에 발등을 덮는 검은색 시스루 트알[82] 코트가 걸쳐져 있었고, 구두는 당시 이미 유행이 한참 지난 것으로, 엄청나게 각진 굽에 높은 플랫폼이 달려 있었다.

갤러리 주인들은 황홀경에 신음했고, 한 사람이 다른

---

82) 아마나 무명의 얇은 천

사람 귀에 대고 속삭였다.

"리프 보르차, 의상 디자인 역사상 온 시대와 민족을 통틀어 가장 뛰어나요. 비교 불가지요. 알릭은 정말 독보적인 취향을 가졌다니까요. 그가 의상 디자인에 종사했더라면, 우린 지극히 평범한 화가가 아니라 천재적인 디자이너를 갖게 되었을 텐데."

"정말 놀라운 모델이죠." 다른 사람이 한마디 했다. "3년 전에 벌써 알아봤어요."

"하지만 늙었네요." 처음 말한 사람이 유감스럽다는 듯 응답했다.

양쪽 겨드랑이 밑에 대칭적으로 땀이 흥건히 밴 푸른 셔츠를 입고 맨발에 샌들을 신은 피마는 모순되는 두 감정을 경험하면서 니나를 데리고 왔다. 가엾은 사람에 대한 한없는 동정심과 아마추어 연극 취향이 전혀 없는 자신이 맡게 된 이 역할에 대한 깊은 혐오감이 서로 충돌했다. 게다가 지난 이틀간 장례비용을 모으느라 그는 귀까지 차오른 똥을 집어삼키며 대가를 치렀다.

니나는 사티,[83] 즉 화장터 장작더미 위로 올라가는 인도의 미망인인 '검은 신부'처럼 걸어갔다. 알릭이 죽은 이후,

---

83) 예전에 인도에서 행해졌던 힌두교의 의식으로 남편이 죽으면 남편의 시체, 옷과 함께 그의 아내도 산 채로 화장하던 풍습

그녀는 그의 병이 나았고 그가 더는 세상에 없다는 두 가지 사실만 기억할 수 있었다. 이 두 가지 사실은 정상적인 사람의 의식에서는 공존할 수 없는 것이었다. 그러나 긴 목 위에 축제처럼 얹힌 그녀의 작은 머릿속에서는, 마치 만화경 창에서 약간의 회전으로 패턴이 계속 바뀌듯이, 벌써 오래전에 무언가가 위치를 바꿔 새 질서로 자리 잡았다. 하나가 다른 하나를 간섭하지 않았고 서로 안심할 수 있는 개별성을 유지했다.

'죽음', '죽었다', '장례식'이라는 단어들이 요 며칠 끊임없이 그녀의 귓가에서 울렸지만, 이 보이지 않는 화면을 뚫지는 못했다. 그 단어들은 지금 그녀의 의식 속에 자리잡은 새로운 패턴 안에서 설 자리가 없었다.

무엇이 그녀를 이곳으로 데려왔을까. 이것은 알릭과 관계가 있었다. 알릭은 그녀가 아름답게 차려입는 것을 좋아했다. 그녀는 철저히 준비했고 그를 위해 자신의 차림새를 심사숙고했다.

그녀는 누구도 알아보지 못한 채 군중 속을 지나갔다. 그녀는 왼손으로는 부블릭[84] 세 개를 겹쳐놓은 모양의 검은

---

84) 동유럽의 전통적 고리 모양 빵. 이스트로 부풀리며 오븐에 굽기 전에 물에 살짝 끓인다. 벨라루스, 우크라이나 등지에는 바란카라고 불리는 유사한 모양의 빵 과자가 있는데, 우크라이나 부블릭은 아슈케나지 유대인들의 베이글과 비슷하지만 크기가 크고 구멍도 더 크다. 러시아 바란카는 부블릭보다 작고 얇으며 더 건조한 형태로 과자에 가깝다. 러시아 수시카는 이보다 더 작고 건조하다.

에나멜 코팅 백을 가슴에 쥐고 있었고, 오른손으로는 녹색과 흰색의 도도한 꽃 머리가 시스루 외투 밑단을 따라 끌리는 두꺼운 백합 줄기를 잡고 있었다.

군중은 물러서서 그녀 앞에 길을 터주었고 그녀가 홀 출입구에 다가간 순간 문이 열렸다. 걷는 속도를 늦추지 않고 그녀는 홀로 바로 들어갔다. 점점 넓어지는 삼각형 모양으로 사람들은 그녀를 뒤따랐다. 이 홀이 일반적으로 수용하는 인원보다 훨씬 많은 사람이 꽃을 들고 와 있었다.

홀 끄트머리에는 영구차가 있었고, 그 위에는 향수 포장 상자 모양의 커다란 흰색 상자가 있었다. 상자 안에는 작은 얼굴에 작은 콧수염을 지닌 빨간 머리의 청소년 외모로 아름답게 채색된 인형이 누워 있었다.

텔레비전 아나운서 같은 외모의 신사는 입을 딱 벌렸지만 니나는 그를 그냥 지나쳐 갔다. 신사는 이 화려한 미망인이 무례하게 자신을 뒤로 미는 것이 대단히 불만스러웠음에도, 옆으로 물러섰다.

그녀는 베일을 걷어 올리고 몸을 기울여 알 수 없는 이상한 재료로 만든 이 조잡한 조각 인형을 자세히 관찰했다. 그리고 이해했다는 듯이 살며시 미소 지었다.

'알릭 대신이구나.' 그녀는 생각했다.

그녀가 고개를 들었을 때, 곁에 서 있던 갤러리 주인들은 그녀의 머리 가르마로부터 날카롭고 검은 줄무늬가 얼굴을 타고 목까지 내려가 깊게 파인 드레스 목선에 이르러 사라지는 것을 목격했다.

"와, 끝내주네." 한 갤러리 주인이 다른 이에게 인정한다는 듯 속삭였다.

"신사 숙녀 여러분!" 아나운서가 목청 높여 말했다.

그것은 대양 건너편에서 검은색 크림플렌[85] 시골풍 정장을 입은 뚱뚱한 부인이 화장터의 가마 옆에서 상투적으로 내뱉는 장례식 문구를 정확하게 직역한 것이었다. 관은 영구차가 운반하게 되어있었고, 이 일은 직원들이 수행할 것이었다. 하지만 알릭의 못자리가 있는 구역은 벌써 다른 묘가 **빽빽**하게 들어찬 곳이었으므로 관을 옮기려면 다른 이의 무덤을 밟아가며 손으로 운반해야 했다. 삼십 미터 떨어진 곳에서 갑자기 차도가 끊겼고, 겨우 발 너비 정도의 도보 통로만 남았다. 남자들이 앞으로 계속 전진하여 미리 파놓은 묘지 터까지 일렬로 늘어섰고 하얀 카누는 이들의 손에서 손으로 전해져 자신의 영원한 안식처까지 헤엄쳐 갔다. 그는 사람들의 머리 위에서 위태롭고 유쾌하게 흔들렸다. 강력한 8월의 태양이 별안간 바다에서 산들바람을 몰고 왔다. 닌카는 남의 묘 비석 받침대를 딛고 서 있었

---

85) 1960년대 호황을 누린 폴리에스터 섬유로 만든 직물

다. 바로 옆에는 파낸 지 얼마 안 된 구덩이가 있었고 거기서 파헤쳐진 흙은 핫핑크 바구니들 안에 가지런히 쌓여있었다. 바람이 그녀의 검은 트알 코트를 잡아당겼고, 빛바랜 그녀의 소중한 머리카락이 돛처럼 바람에 흔들렸다.

이리나는 군중 한가운데 서 있었다. 그녀는 알릭과 오래전에 작별 인사를 했다. 지금 그녀가 할 일은 따로 있었다. 그녀는 자기 아이에게 아버지를 만들어주었다. 실제로 그녀가 이를 위해 특별히 한 일은 없었다. 그들은 스스로 알아서 서로를 찾아냈다. 단지 그녀는 회수할 수 없는 상당히 많은 돈을 이 기획에 투자해야 했다. 바로 이 묘지에도 적지 않은 돈이 들어갔다. 그녀의 어린 소녀에게는 사랑하는 아버지가 있었고, 이것은 그의 무덤이 될 것이었다. 이리나는 웃었다. 모든 걸 용서했지만 어떤 것도 잊은 것은 아니었다. 내가 빈민병원에서 딸을 출산할 때, 당신은 니나와 사랑을 나눴고 또 다른 어린 암소인 발렌티나와도 그랬을 테지... 반걸음 뒤에 바로 붙어 서 있네. 자기 자리를 아는 게지... 사악한 년인지 아니면 그냥 좋은 여자인지 도대체 알 수가 없네... 내가 얼마나 악독해진 건지... 알릭, 알릭, 모든 게 달라질 수 있었잖아. 그러나 그런 일은 없었지... 뭐, 됐어!

담장 바로 밑, 묘지의 후미진 구역에는 수많은 비석이

수직으로 우뚝 서 있었다. 각각의 비석 주위에 마치 한 발로 서듯 몇몇 친지들의 묘비가 솟아나 수평으로 퍼져 있었다. 고대 점토판과 갈대 펜에 대한 기억을 담고 있는 사각형의 각진 비문들은, 우스꽝스러운 고딕 엑센트가 뒤섞인 영어로 출생지를 공표하고 있었고, 이 돌에는 오래전 가버린 사람들의 취향이 구체화되어 있었다.

알릭의 닫힌 관이 옆 무덤에 놓였다. 이 특이한 고객에 대한 존중을 표하기 위해 자기가 꼭 있어야 한다며 서둘러 도착한 로빈스는 지휘하듯 움직이면서 내리라고 명령했다. 발렌티나가 니나에게 뭐라고 말하자, 니나는 동그란 백을 열어 흙뭉치를 꺼냈다. 그녀는 마치 수프에 소금을 뿌리듯 손가락 끝으로 흙을 흩뿌렸다. 일꾼 두 명이 삽을 들고 대기하고 있었다.

"잠깐만요, 잠깐만 기다려요!" 차도에서 갑자기 누군가 외쳤다.

사람들의 등 뒤에서 어떤 불안한 움직임이 일어났다. 서로를 밀치면서 거칠고 꼴사납게 압박했다. 마침내 모두를 밀쳐내고 이글이글 불타오르는 레바 고틀리브가 등장했다. 몇 명의 수염 기른 유대인 무리가 그의 뒤를 따랐는데, 대략 열 명쯤 되어 보였다. 이 사람들은 좀 늦었다. 이들은 버스에서 쏟아져 나와 즉시 길을 잃었는데, 묘지 관리사무실이 어디냐를 두고 각자 판단이 달라 우왕좌왕했기 때문이다. 이제 그들은 걸어가면서 기도 숄과 테필린[86]을 끌어당겨 둘렀고 남자들을 밀치고 여자들의 발을 밟더니 카디쉬[87]의 첫 마디를 외쳤다.

"새로 창조될 세상에서 그의 크신 이름이 존귀하고 거룩하게 되기를 원하노라. 그때 그가 죽은 자를 살리고 영생에 이르게 하실 것이라..."

그들은 높고 슬픈 목소리로 노래하고 애도했지만, 로빈스 외에 이 고대 탄식의 의미를 이해하는 사람은 아무도 없었다.

"이 고대 히브리인들이 다 어디서 온 거지?" 발렌티나가 리빈에게 물었다.

"무슨 소리야, 봐. 고틀리브가 데려왔잖아..."

레브 메나쉐가 이 불쌍한 '포로가 된 아이'를 돌보기로 했다는 사실을 그들은 눈치채지 못했다.

발렌티나는 이 유대인들이 지나치게 연극적이라 브라이튼 비치의 작은 극장 같은 곳에서 온 배우들이 아닐까

---

86) 양피지에 쓴 성구 두루마리를 넣은 작고 검은 가죽 박스. 주로 토라의 구절을 적은 것을 넣고 있다. 유대교도들은 이 성구함을 머리와 팔에 묶어 맨다. 머리에 매는 성구함은 두 눈 사이의 미간에 위치하도록 하고, 팔에 매는 성구함은 성구함에 달린 끈을 주로 팔의 위쪽에 둘둘 둘러매며 끈의 한쪽 끝은 손가락이 잡도록 한다. 출애굽을 기억하기 위함이며 주중의 매일 아침 기도 시간에 착용하도록 한다.

87) 애도자의 기도문. 고대 시로서 아람어로 되어있다. 애도자의 입장에서, 고뇌에 지쳤지만 하느님을 믿고 삶을 포기하지 않겠다는 마음을 고백하는 내용을 담고 있다.

의심이 들 정도였다.

'알릭한테 물어봐야 하는데...' 그 순간, 물어봐야 할 게 이렇게나 많고 많은데 물어볼 사람이 더는 없다는 사실을 문득 깨달았다.

그들은 장례 기도를 드렸는데, 오래 걸리지는 않았다. 앞에 섰던 사람들이 무덤으로부터 물러섰고 뒤에 있던 사람들이 앞으로 흘러나왔고, 꽃이 산처럼 쌓여 이미 니나의 허리까지 닿았는데, 그녀는 그 꽃들을 하나하나 이렇게 저렇게 쌓고 매만지면서 이상한 집도 만들고 무덤도 만드는가 싶더니 이내 미소 지었고, 사람들은 이제 그런 그녀를 보며 늙은 오필리아를 떠올렸다.

사람들이 자리를 떠나기 시작했고, 기도 숄을 벗어 던지고 햇볕에 그을린 검은 양복을 드러낸 유대인들이 마지막으로 남았다. 니나는 기다렸다가 그들을 집에서 하는 추도식에 초대했다. 그들 중 가장 연장자는 접착 밴드로 키파를 대머리에 고정했는데, 마른 두 손을 얼굴 높이까지 들고 노란 손가락을 펼치며 슬프게 말했다.

"저런! 유대인들은 사람이 죽으면 시바[88]를 한다오. 땅에 주저앉아 금식하는 것이라오. 보드카를 한 잔 마시는 것

---

88) 매장 이후 7일간의 애도 기간. 애도자들이 묘지를 떠나는 순간부터 시작된다. 이날 유족은 일하지 않고 일상의 근심에서 벗어나 고인을 추모하는 일에 집중한다. 토요일을 제외한 7일 내내 집을 떠나지 않는다.

도 아주 좋긴 하겠지만 말이오..."

　김이 피어오르는 검은 양복을 입은 그들이 미니버스에 올라탔다. 흰색 차량에는 파란 글씨로 'Temple Zion(시온성)[89]'이라고 쓰여있었다.

---

89) 시온은 요새라는 뜻으로 예루살렘 남동쪽에 자리한 구릉의 이름이다. 시온은 원래 예루살렘 성에 있는 고대 여부스족의 요새였는데 다윗이 이 요새를 정복한 후에 왕궁을 세웠고 시온, 곧 예루살렘은 이스라엘 왕국의 권좌가 있는 곳이 되었다. 이후 솔로몬이 예루살렘에 성전을 지었을 때, 시온의 의미는 더욱 확장되었다. 예루살렘 성과 유대 땅, 그리고 이스라엘 국가 전체를 위한 이름으로 사용되었다. 비유적으로는 하나님의 백성인 이스라엘을 가리키는 말이기도 하다. 보호받는 약속의 땅으로서의 의미를 지닌다.

20

    티셔츠와 조이카는 장례식에 가지 않았다. 그들은 집에 남아있었다. 티셔츠는 알릭의 그림들을 배치해 거느라 바빴다. 오래된 그림들을 떼어내고, 이년 간 묵은 먼지를 긁어모으고, 그림을 어떻게 걸까 궁리했다. 태어난 지 7일 된 새끼 고양이의 눈처럼, 한 번에 티셔츠의 눈이 뜨였다. 그녀는 알릭의 그림들이 눈에 들어오기 시작했다. 저건 저기로, 이건 그 옆에요. 그건 위로 붙이고요, 그건 아예 치워버려요... 어떤 것도 결정할 필요가 없었고 단지 제대로 보기만 하면 되었다. 그러면 그림들이 스스로 똑똑하고 아름답게 배치되었다.

    '미술사를 공부해야겠어.' 지난주에 이미 티베트에 헌신하기로 했던 것은 잊은 채, 그녀는 바로 이렇게 결심했다.

그녀는 중간 크기나 작은 크기의 그림이 더 마음에 들었지만, 한쪽 벽면에는 큰 그림을 걸자고 했다. 그녀는 조이카와 류다에게 도움을 청했고, 한 5년은 벽 쪽으로 전면을 돌린 채 기대어 놓았던 3미터짜리 캔버스를 함께 걸었다. 거기엔 아주 많은, 너무나 많은 것들이 그려져 있었다. 포도와 배와 석류가 있고 춤추는 여자들과 아이들이 있는 어떤 가을의 축일, 와인이 담긴 병들, 멀리 보이는 산과 차양 밑으로 들어가는 사람...

류다는 치즈와 소시지를 썰었고, 샐러드를 만들었다. 조이카는 느릿느릿 멍한 채로 구석구석 일회용 접시를 날랐다. 이민 식료품 가게에서 파는, 러시아계 유대인들이 가정식이라 여길만한 음식들이 담겼다. 청어 절임, 피로시키,[90] 스투젠,[91] 러시아 사람들이 '올리비에'라고 부르는 샐러드, 그 외 다른 '러시아식' 전통 음식들...

많은 인파가 한 번에 밀려들었다. 화물 엘리베이터가 그들을 세 번에 걸쳐 위로 올려왔다. 오십여 명의 사람들이 판자와 잡목으로 만든 중앙 테이블 주위에 둘러앉았고, 남은 사람들은 미국식 파티처럼 잔과 접시를 들고 이리저리 돌아다녔다. 사람이 이렇게 **빽빽**하게 모인 가운데서도 공

---

90) 반죽에 감자, 양파, 양배추, 고기 등을 넣은 다음 만두 모양으로 빚어 구운 러시아풍 파이. 단수형은 피로조크, 중남미의 엠파나다와 비슷하다.

91) 아스픽, 고기나 생선을 젤라틴으로 굳힌 것

허함이 생겨날 수 있다는 사실이 놀라웠다.

워싱턴의 갤러리 주인들도 참석했다. 그들은 마치 전시회장처럼 작업실을 돌아다니며 알릭의 작품들을 자세히 보았다. 그들은 불만스러워 보였고 십 분쯤 지나 사람들이 아직 술을 마시기 시작하기도 전에, 닌카의 손에 입 맞추고 사라져버렸다.

이리나는 못마땅하게 그들을 바라보았다. 그녀에겐 그들과 따져야 할 것이 여전히 남아있었다. 어쨌든, 그들은 알릭에게 돈을 주지도 않았고, 작품도 돌려주지 않았다.

파이카는 결혼식이나 장례식에서 늘 볼 수 있는 그런 의례 전문가라고 할 만했다. 그녀는 보드카를 잔에 따르고 흑빵 조각을 그 위에 덮은 다음 접시에 올렸다.

"알릭을 위해!"

필요한 일이었다.

시끄러운 대화도, 개별 목소리가 튀는 법도 없었다. 그저 둘러앉아 먹고 마시는 사람들과 뒤에서 준비하는 사람들의 소리가 윙윙거렸다. 단조로운 속삭임과 잔 부딪히는 소리만 들렸다. 보드카를 따랐다.

문간에 티셔츠가 서 있었다. 창백한 얼굴에 입은 부어올랐고 콧구멍은 분홍색이었으며, 노란색과 주황색으로 글씨가 새겨진 검은색 티셔츠를 입고 있었다. 주머니 속에서 땀에 젖은 손이 이미 오랫동안 플라스틱 상자를 쥐고 있었다. 이제는 그것을 꺼내놓아야 할 때가 되었다.

하얀 안락의자에 아무도 없었지만, 니나는 의자 시트가 아니라 팔걸이 위에 앉았다. 피마는 자리에서 일어나 잔을 높이 들며 무언가를 말하려 했다.

"다들 조용히 좀 해 봐요!" 티셔츠가 소리쳤다.

이리나는 순간 얼어붙었다. 워낙 특이한 자기 딸이 무슨 일이든 벌일 수 있다고 예상은 하고 있었지만, 대중 연설은 아니었다.

"들으세요! 알릭이 당신들한테 전하고 싶은 말이 있다잖아요!"

모두가 그녀 쪽을 바라보았다. 그녀의 눈이 화학 반응에 쓰이는 실험지처럼 보랏빛으로 변했다. 그러다 곧 쪼그리고 앉아 언제나처럼 바닥에 세워져 있던 카세트 플레이어에 카세트테이프를 밀어 넣었다. 그러자 바로 알릭의 다소 높고 선명한 목소리가 울려 퍼졌다.

"친구들아! 여자들아! 내 버니들아!"

닌카는 의자의 팔걸이를 움켜쥐었다. 알릭의 목소리는 계속 이어졌다.

"친구들아, 나는 여기 너희들과 함께 있어! 술을 따르자, 그리고 언제나처럼 마시고 먹자! 늘 하던 대로 하는 거야!"

이렇듯 단순하고 기계적인 방법으로 그는 한순간에 영원한 벽을 허물었고, 짙은 안개로 뒤덮인 해안가에서 조약돌을 던졌으며, 극복될 수 없을 것 같았던 법칙으로부터 아주 쉽게 순간으로 나아갔다. 폭력적인 마법에도, 테이블이 흔들리게 하고 접시가 떨리게 하는 점쟁이나 영매의 도움에도 기대지 않고, 그저 그가 사랑했던 사람들을 향해 손을 내밀었다.

　　"그리고 부탁이야, 제발, 비참하게 울지 마. 다 좋잖아! 평소같이 해! 좋지? 그러는 거야?" 조이카가 크게 흐느꼈다. 니나는 눈이 약간 부어올랐다. 여자들은 알릭의 부탁을 무시하고 사이좋게 울음을 터뜨렸다. 몇몇 남자들도 이에 합류했다. 그리고 주머니에서 손수건을 가장한 체크무늬 헝겊을 꺼낸 것은 피마였다.

　　마치 알릭이 그들을 보고 있는 것 같았다.

　　"다들 무슨 일이야? 나를 위해 잔을 들어! 니나, 나를 위해! 어서! 티셔츠, 아가, 테이프 재생을 잠깐 멈춰."

　　일시 정지가 흘렀다. 티셔츠는 즉시 버튼을 누르지 않고, 다시 알릭의 목소리가 들린 후에야 버튼을 눌렀다.

　　"마셨어?"

　　그녀는 테이프를 되감았다.

　　그들은 서로 잔을 부딪치지 않은 채 서서 마셨다. 죽음

뒤 찾아드는 커다란 공허함이 일종의 속임수로 채워졌다. 그러나 놀랍게도, 그 공허함은 정말로 채워져 있었다.

　이리나는 문틀에 몸을 기대었다. 그녀는 자신의 울음을 진작에 다 쏟아버렸다. 그러나 어떤 생각이 머리에서 떠나지 않았다. 그의 어떤 면이 도대체 그렇게 특별했던 것일까? 그가 사랑이 많아서? 그렇다면 그 사랑이란 게 어떤 것이었지? 훌륭한 예술가라서? 예술가가 지금 무슨 의미지? 작품이 팔리지 않았으니, 좋은 예술가는 아니란 거겠지... 그는 평생을 예술가로 살았다. 예술가답게 살았지... 그렇다면 나는 왜 벽돌을 나르고, 온갖 방해물을 감내하며, 돈다발을 벌어들였던가? 얼마나 비예술적인 삶인지... 친구여, 당신이 나와 함께 있지 않아서 그랬던 거야? 당신은 어디에 있었던 거야?

　"마셨어?" 알릭의 목소리가 다시 울렸다. "제발 부탁이야. 그냥 마시란 말이야. 중요한 게 뭐냐면, 슬픈 면상으로 앉아있지 말라는 거야. 춤을 추는 건 어때? 그래, 말하고 싶은 게 있어. 리빈하고 피마 말이지. 늬들 오늘 화해 안 하면, 전부 개새끼들이야. 몇 명 되지도 않는 우리끼리 이러기야? 제발 나를 위해 마셔, 그리고 바보 같은 싸움을 끝내!"

　리빈과 피마는 테이블을 사이에 두고 서로를 바라보았다. 옛 친구이자 한동네에서 같이 자란 이 소년들은 알릭의 때늦은 저주에 미소 지었다. 그들은 이 뜨거웠던 여름 몇 달간 이미 화해했다. 지난 며칠간 탱크와 총격과 모스크바발 쿠데타로 빚어진 군중의 흥분 속에서, 또 특정인을 향하지 않았지만 필요한 방향으로 가닿은 담화들 속에서, 해묵은 분노는 눈 녹듯이 사라져버렸다.

"잔 부딪치지 마, 잔 부딪치지 마!" 파이카가 깩깩거렸다.

"기다려봐. 종이컵에 따를게."

잔 두 개가 거칠고 둔탁하게 부딪쳤다.

"건강해라, 울퉁불퉁!"

"너도, 브래지어!"

어떤 하얀 브래지어가 실제로 있었다. 커다란 뼈 단추가 달리고, 고무줄 끈은 늘어지고, 두꺼운 실로 꿰맨 철사 걸쇠가 달려 있었다. 전쟁이 끝난 후 하리코프에서, 그 대 과거적 삶에서 그들은 보았었다.

"친구들아, 나는 너희들에게 감사하다고 말할 수가 없어. 왜냐하면, 내가 전하고 싶은 정도의 감사는 세상에 존재하지 않아서야. 너희 모두를 좋아해. 특히 당신들, 여자들. 심지어 이 넌더리 나는 통증에도 감사해. 아프지 않았더라면 너희들이 어떤 존재인지도 몰랐겠지. 이런, 바보 같은 말을 했네. 나도 알아. 너희들을 위해 마시고 싶어. 니나, 힘내! 너를 위해, 티셔츠! 당신을 위해, 발렌티나! 조이카,

당신을 위해! 피로쥬코바에게도 안부를, 내가 얼마나 좋아했는지! 파이카, 고마워, 버니! 끝내주는 사진이었어! 넬레치카, 류다, 나타슈카, 당신들 모두를 위해! 남자들, 너희들을 위해! 모두의 건강을 위해! 그리고 한 가지 더 얘기할 게 있어. 모두, 이 파티로 즐겁기를 바라. 그게 다야, 젠장."

테이프가 돌아가면서 바람 소리를 냈다. 더는 말이 없었고 쉿소리 섞인 숨소리만 들렸다. 아무도 마시지 않았다. 모두 잔을 들고 말없이 서서 가끔 경련을 일으키며 흐느끼는 듯한 소리를 들었다. 열린 창문을 통해 길거리에서 인디오 음악이 고르지 않게 빈 테이프로 흘러들어왔다. 중요한 무언가가 더 있을지도 모른다는 생각에 모두가 긴장해서 귀를 기울였고, 과연 그게 다가 아니었다. 엘리베이터가 덜컹거리고 문이 닫히는 소리가 들렸다.

"조용, 녹음기 꺼." 알릭의 목소리가 말했다. 어떤 파토스도 없는 일상적이고 지친 목소리였다. 그러다 딸깍 소리가 나더니 침묵이 흘렀다.

처음엔 즐거울 수가 없었다. 너무나 조용했다. 알릭은 평소대로 평범하지 않은 일을 했다. 사흘 전에는 살아있었고 그 후엔 죽었다가, 지금은 어떤 이상한 제3의 위치를 차지하고 있었다. 이 때문에 모두는 혼란과 슬픔 가운데 있었는데, 그렇다고 술을 멀리하지는 않았다.

사람들은 테이블에 앉았다가 일어섰다가, 접시와 잔을 들고 이 끝으로 갔다가 저 끝으로 갔다가 하면서 계속 자리를 옮겼고 무리 지어 모였다가는 다시 흩어져 이동했다. 지금까지 이렇게 온갖 무리가 뒤범벅된 적은 없었다. 알릭의 음악가 친구들이 왔고 또 전에 아무도 본 적 없는 일군의 사람들이 찾아왔는데 알릭이 그들을 어디서 알게 되었는지, 그들은 또 그의 죽음을 어떻게 알았는지 알 수가 없었다. 파라과이인들은 밀집 대형을 일관되게 유지했는데, 그들의 지도자만은 어두운 분홍색 흉터와 아름다운 얼굴의 화석 같은 이미지로 다른 이들과 구분되었다. 어떤 컬럼비아 대학교 교수는 쓰레기 수거차 운전사와 활발히 소통했다. 베르만은 조이카에게 끌렸지만, 지난 이 년 간 일이 바빠 여자 가까이 가지 않았기 때문에, 병에서 요정 지니를 꺼내야 할지 확신할 수 없었다... 만일 알릭이 알았던 그녀에 대한 정보를 그도 안다면, 그는 그녀 가까이 다가가지 않을 것이었다. 그녀는 처녀일 뿐만 아니라, 타키투스가[92] 언급하기도 한 고대 로마 가문 출신이었다...

니나는 메자닌에서 회색 상자를 가져다 달라고 부탁했다. 그 안에는 감동적인 보물이 들어 있었는데, 적절한

---

92) 푸블리우스 코르넬리우스 타키투스, 고대 로마의 역사가.

시기에 친분이 있는 외교관들을 통해 소련에서 미국으로 보내진 것이었다. 그것은 바로 철의 장막 뒤에서 거꾸로 여행을 떠난 최초의 재즈였다. 이 무거운 검은색 팬케이크 중에는 엑스레이 필름 '뼈 형상 위에' 수제로 만든 것들도 있었고, 초기 테이프 녹음본인 갈색 필름들도 있었다.

알릭만이 탱고를 제대로 출 수 있었다. 그의 복잡한 스텝, 급격한 소실, 깊이 있는 전복은 50년대에서 매우 논리적으로 로큰롤의 시대로 건너갈 수 있게 했다.

이제 그의 자리를 차지한 사람은 리빈이었다. 니나와 리빈은 강약을 조절하면서 앞으로 나아갔고 과감하게 방향을 바꾸기도 했다. 그러나 리빈에게는 예술적 나른함이라는 게 없었는데, 이것 없이는 탱고가 자신만의 특별한 향기를 상실하고 만다. 흑인 색소폰 연주자는 희끄무레한 파이카를 좋아했고, 이에 그녀는 신경이 무척 예민해져 있었다. 한편으로는 대부분의 러시아 이민자들과 마찬가지로 그녀가 인종차별주의자였기 때문이기도 했고, 다른 한편으로는 지금 그녀 앞에 있는 사람이 그녀로서는 아직 한 번도 경험해보지 못한 의심할 바 없이 진짜 미국산이었기 때문이다.

집에는 다시 흥겨움이 넘쳤다. 성난 자들은 모두 떠났다. 베르만도 조이카와 함께 떠났다. 그들은 둘 다 결정을 내렸지만, 그게 제대로 된 결정인지는 확신할 수 없었다.

조이카는 공포에 떨고 있었다. 그녀는 무엇보다 자신이 히스테리 발작을 일으킬까 두려웠다. 그러나 일은 무척 순조롭고 아름답게 진행되어서, 아침이 다가오자 그들은 둘 다 확실히 알게 되었다. 이렇게 오랫동안 독신으로 살아온 것이 헛되지 않았음을.

열 시가 조금 지나자 당황한 클로드와 함께 집주인이 왔다. 클로드가 집주인에게 세입자의 죽음을 알리자, 그는 며칠을 기다렸다가, 다음 달 1일에 집을 비우라고 닌카에게 말하기 적당한 때를 고른 것이었다.

집주인이 직접 통지서를 전달하기 위해 니나에게 다가가자, 그녀는 그를 다른 누군가로 착각하고서 손에 입 맞춘 다음 러시아어로 잔을 권했다.

그녀는 업무 서류를 테이블에 아무렇게나 놓았다가 그게 그만 바닥으로 흘러내려 버렸다. 닌카는 집어 들 생각조차 없었다. 집주인은 황당한 듯 어깨를 들어 올리고는 매우 분개해서 자리를 떴다. 클로드는 이 자리가 러시아의 전통적인 추도식이라는 사실을 그에게 일깨우려 했지만 역부족이었다.

누군가 오래된 녹음테이프를 틀었다. 50년대 말 모스크바에서 대히트했던 곡의 가정식 코믹 버전이었다.

모스크바, 칼루가, 로스엔젤레스
하나의 협동농장으로 묶여 있다네...
오, 세인트루이스 102층, 거기서
러시아 사람 바냐가 재즈를 연주하네...

이 얼마나 사랑스러운 옛 노래인가. 미국인들도, 러시아인들도 모두 미소 지었지만, 러시아인에겐 더욱 큰 의미였다. 그 때문에 회의에서 비판받는가 하면 학교와 기관에서 쫓겨나기도 했었으니까. 파이카는 자신의 애인에게 이 모든 걸 설명하려고 했지만, 적절한 단어를 찾지 못했다. 도대체 어떻게 설명한단 말인가. 온통 슬프고 또 슬프다가 불현듯 감미로운 기쁨이 잔잔히 흐른다든지, 반대로 즐거움과 충만한 기쁨으로 가득 차 있다가 어디선가 애수에 찬 선율이 흘러나와 가슴을 쥐어짜는... 그들을 사로잡은 것은 바로 이런 것이었다.

류다는 요 며칠 이 집에서 지내며 너무 익숙해진 나머지, 술에 취해서는 자신이 어디에 있는지도 잊고서 이웃 토모츠카네로 달려가 마음을 털어놓으려 했다. 코너를 돌면 스레드녜치쉰스키 거리가 나오는 게 아니라는 건 머릿속에 없었다.

"엄마, 술 취하니까 진짜 웃겨. 이런 모습 처음 보는데? 제법 어울리네." 벌써 문간에 서 있는 그녀를 아들이 끌어당겼다.

티셔츠도 이리나에게 다가가 어깨를 만졌다.

"가자, 엄마. 이만하면 됐어."

그녀는 단호해 보였다.

바싹 구워지고 가벼운 이리나는 덜 구워지고 축 늘어진 딸과 같이 걸어가면서 그들 사이에 무슨 일이 일어나고 있다는 것을, 아니 이미 일어났다는 것을 깨달았다. 어린 딸의 음울한 불만과 증오가 늘 감지되던 지난 몇 년간의 팽팽한 긴장감이 사라진 것이다.

"엄마, 근데 피로쥬코바가 누구야?"

처음 들어보는 성이라서 그랬다. 이리나는 바로 대답하지 않았다. 비록 벌써 오래전부터 말할 준비는 하고 있었지만.

"내가 피로쥬코바야. 우린 아주 젊었을 때 사귀었어. 대략 지금의 네 나이쯤 되었을 때였던 가봐. 그러다 크게 다퉜고 세월이 한참 지나 다시 만났어. 오래가진 않았지. 하지만 이 만남을 기념하여 피로쥬코바는 아기를 남겼어."

"잘했어, 피로쥬코바." 티셔츠가 인정했다. "그는 알고 있었어?"

"그때는 몰랐고. 후엔, 아마 짐작했겠지."

"훌륭한 부모야." 티셔츠가 킬킬거리며 웃었다.

"맘에 안 들어?" 이리나가 우뚝 멈춰 섰다.

그녀는 오래전부터 딸이 좋아하지 않는 것들에 상처를 입었다.

"아니야, 맘에 들어. 다른 부모들은 더 나빠. 그는 물론 알고 있었어." 티셔츠의 목소리는 어른스러웠고 좀 지쳐있었다.

"너 정말 그가 알고 있었다고 생각해?" 이리나는 깜짝 놀랐다.

"그렇게 생각하는 게 아니고, 그렇다는 걸 내가 안다고." 티셔츠가 단호하게 말했다.

"그가 여기 없다는 게 정말 끔찍해."

러시아어와 영어가 뒤섞여 윙윙거리는 대화 소리가 갑작스러운 비명에 의해 끊어졌다. 검은 중국제 슬리퍼를 발에서 벗어던진 발렌티나는 마치 기타리스트가 현을 뜯듯 날렵한 움직임으로 노란 셔츠의 윗단추를 풀었기 때문에, 나머지 다른 단추들도 가느다란 빗줄기처럼 바닥에 흩뿌려 졌다. 이어 그녀는 뼈가 두꺼운 발뒤꿈치로 강하게 바닥을 차면서, 래커칠한 마트료시카처럼 얼굴을 밝게 빛내며 앞으로 나아갔다.

앗 뜨거, 앗 뜨거!

너는 타르에,
나는 반죽에,
우린 함께 빚어져, 야-야-야-야-야!

발렌티나는 높고 다채로운 외침을 길게 내뿜었다.

그녀는 허벅지를 찰싹 때리고는 더러운 바닥을 능숙하게 발로 찼다.

북부 러시아 지방 현장 학습으로 학창 시절을 온통 떠돌아다니고, 폴레시아(Polesia) 지방과 아르항겔스크 주변, 볼가강 상류 등지에서 살아있는 러시아어 입말의 파편들을 채집하면서, 그녀는 민간에서 전승되는 음담패설을 연구한 적이 있었는데, 이것은 마치 다른 학자들이 세포핵의 구조나 철새들의 이동을 연구하는 것과 같은 것이었다. 그녀는 차스투슈카[93] 수천 개를 기억했는데, 이때 각 지방의 방언과 억양은 물론, 그 변형까지도 모두 알았고, 그녀가 입을 열기만 하면 마치 바로 어제 시골 잔칫집에 다녀온 것처럼, 그것들이 훼손되지 않은 가장 생생한 형태로 쏟아져 나왔다.

앗 뜨뜨, 앗 뜨거!

---

93) 러시아와 우크라이나의 유머러스한 전통 민요. 유머와 풍자, 아이러니로 가득한 4행, 또는 2행의 짧은 노래가 주를 이룬다. 이 용어는 동화 작가 우스펜스키가 1889년에 출판한 러시아 민요 책에서 처음 등장했다.

내 다리미 불 붙네...

마치 난로에서 막 떨어져 나온 뜨거운 석탄을 진짜 밟기라도 하듯, 그녀는 석탄 조각을 자기 주변에 뿌리고는 시커먼 발뒤꿈치로 까불거리며 발재간을 부렸다.

파라과이인들, 특히 그들의 지도자는 행복에 젖어 들었다.

"저건 뭐야?" 색소폰 연주자가 파이카에게 물었으나, 그녀는 적절한 영어 단어를 몰랐기 때문에 대충 대답했다.

"저건 러시아의 컨트리 음악이야..."

발렌티나의 민요 공연이 시작되기도 전에, 니나는 등을 곧게 하고 고개를 뒤로 젖힌 채 무대 위를 걸어가듯 자신의 침실로 걸어갔다. 어스름 어둠 속에서 그녀는 침대 가장자리에 앉아 유리가 짤랑거리는 소리를 듣고는, 문득 자신이 지금 여기 혼자 있지 않다는 걸 깨달았다. 그녀를 등지고 저만치 구석에 알릭이 쪼그리고 앉아있었다. 그는 거기 남아있는 병들을 뒤지며 무언가를 찾고 있었다.

니나는 그다지 놀라진 않았지만, 자리에서 움직이지 않았다.

"거기서 뭐 찾아, 알릭?"

"짙은 색 작은 유리병이 있었는데 말이야." 그가 짜증을 내며 대답했다.

"거기 있네." 니나가 대답했다.

"아, 이거구나." 알릭은 기뻐했고, 붉은색 낡은 셔츠 위로 병을 움켜쥐고 자리에서 일어섰다.

니나는 약초즙을 흘려 보기 싫은 갈색 얼룩을 남기지 않게 주의하라고 그에게 경고하고 싶었지만, 그러지 못했다. 그가 그녀를 지나쳐 갔다. 그녀는 분명히 보았다. 그는 완전히 회복되었고 걸음걸이도 예전처럼 가벼웠고 무릎도 자유롭게 움직였다. 또 있었다. 옆을 지나치며, 그는 그녀의 머리카락을 쓰다듬었다. 그냥 어쩌다 그런 것이 아니라, 그가 가진 특유의 습관적 행동이 되살아난 것이었다. 손가락을 빗 모양으로 갈라 니나의 머리 뿌리에 밀어 넣고는 이마에서 뒷덜미까지 쓸어내렸다. 그리고 또 그녀는 그의 가슴에 매달린 자신의 십자가를 보고는 모든 것이 이루어졌다는 것을 깨닫게 되었다.

'나중에 발렌티나한테 모두 말해줘야겠어.' 그녀는 이렇게 생각하고는 머리를 베개에 대자마자 바로 잠들었다.

그러나 그녀는 어차피 당시 발렌티나를 찾을 수 없었을 것이다. 그녀는 멀리 있었다. 욕실 샤워부스에서 다리 짧은 근육질의 인디오가 자신의 짧고 거대한 신체 무기로 그녀를 가격하고 또 가격했다. 그녀는 길쭉한 뺨 주위로 무성한 그의 검은 머리카락과, 깊은 상처 위로 팽팽하게 돌아난 새 살이 만들어낸 분홍색 띠를 보았다. 자기 발목과 손목이 쇠로 덮여있는 느낌이 들었지만 사실 그녀는 어떤 지지대도 없이 공중에 매달려 있었고, 강하게 용솟음치는 운동력에 의해 위로 앞으로 움직이고 있었다. 지금 벌어지고 있는 일들은 그녀가 전에 경험했던 것들과 비교 불가였다. 한마디로 굉장했다.

21

한밤중 전화벨이 이리나를 깨웠다.

'보나마나 니나가 술 취해 거는 전화겠지.' 그녀는 이렇게 생각하면서 수화기를 들었다.

시계를 살짝 보니 1시가 지나고 있었다.

그러나 전화의 주인공은 니나가 아니었다. 소송을 건 갤러리 주인 두 사람 중 서류 작업을 맡은 사람이었다.

"당신의 의뢰인과 관련된 급한 일로 연락드렸습니다." 그가 단도직입적으로 말했다. "저희는 그의 작업실에 남아 있는 모든 작품을 지체하지 않고 인수하고자 합니다."

이리나는 잠시 멈췄다. 이에 대해서라면 이미 학습된 바 있었다.

"음, 물론, 우리는 당신이 소송을 철회했으면 합니다

만. 이제 우리의 관계가 재검토될 겁니다. 하나, 둘, 셋, 넷, 다섯, 받아요."

"글쎄요, 우선 소송에 대해서라면 이 일과는 별개의 문제입니다. 어떤 경우에도 그 둘은 하나로 연결될 수 없다는 것을 말씀드리고 싶군요. 제 의뢰인의 작업과 관련해서는 제가 런던 출장에서 돌아오는 다음 주말쯤 당신과 의논해 볼 수 있겠습니다. 마침 이 작품들 문제로 제가 출장을 갑니다만..." 그녀는 직업적 만족감을 충분히 느끼며 거짓말했다.

잠은 이미 다 달아났다. 그녀는 몸을 일으켜 거실로 나왔다. 티셔츠의 방문 아래서 두 줄기 빛이 새어 나왔다. 이리나는 방문을 두드렸다.

무더위 속에서도 긴 잠옷을 입은 티셔츠는 책을 옆으로 밀치며 팔꿈치로 몸을 일으켰다.

"무슨 일이야?"

"알릭이 어쨌든 훌륭한 화가가 맞긴 맞나봐. 그 날강도들이 남아있는 알릭의 그림들 전부 사고 싶다고 전화했어."

"정말?" 티셔츠가 기뻐했다.

"그래. 너에게 줄 유산을 이렇게 탈탈 털어내 볼게."

"웃기지 마, 유산이라니. 그럼 니나는? 니나하고는 상의 안 할 거야?"

"니나한텐 관심 없어. 그리고 이 돈 얻어내려면 아직 한참을 죽어라 뛰어다녀야 해." 이리나는 매우 지쳐 보였다. 티셔츠는 엄마가 늙어간다고, 특히 밤에 화장기 없는 얼굴을 보니 전혀 아름다워 보이지 않고 그냥 평범하다고 생각했다.

"있잖아, 러시아에 갔다 오자." 티셔츠는 옆으로 몸을 움직여 이리나에게 자리를 마련해주었다.

수년간 티셔츠는 혼자 잠들지 못했고, 이리나는 이 침묵하는 불행한 존재가 자기 어깨에 얼굴을 묻고 잠들 수 있도록 도시 반대쪽 끝에서라도 달려오곤 했다.

이리나는 침대에 누워 자신의 마른 뼈들을 보다 편안하게 배열했다.

"나도 그 생각 벌써 했어. 가자, 꼭 가자. 상황이 좀 진정되면."

"상... 뭐? 뭐라고 했어?"

"상황이 진정되면. 거기 혼란은 어쨌든 좀 가라앉아야 할 것 아니야..."

"아니야, 알릭이 그랬어. 거기 질서가 잡힌다면 그건 이미 다른 나라일 거라고."

"그거라면 걱정할 필요 없어. 절대로. 완전히 질서 잡히는 일은 일어나지 않아..."

이리나는 딸의 빨간 머리를 쓰다듬었고 아이는 몸을 비틀면서 경련을 일으키지도, 씩씩거리면서 화내지도 않았다.

　　'자, 그럼, 이제 모든 게 끝난 것으로 치자고.' 이리나는 생각했다.

뉴욕-모스크바-몽 누아르
1992-1997

작가 소개

류드밀라 울리츠카야

류드밀라 울리츠카야는 1943년 가족이 2차 세계대전을 피해 머문 구소련 바시키르 자치 공화국에서 태어났다. 어머니 마리안나 긴스부르크는 생화학자로 소아과 연구소에서 일했고, 아버지 예브게니 울리츠키는 과학자, 엔지니어로 역학 및 농업에 관한 다수의 저서를 출판했다. 전쟁이 끝나고 생후 9개월이 되었을 때 울리츠카야는 모스크바로 돌아왔고 거기서 초중등 교육을 마쳤다. 모스크바 국립대학 생물학부에서 유전학을 공부했고, 소연방 학술원 산하 유전학 연구소에서 근무한 지 2년 만에 지하출판물을 읽고 유포한 혐의로 자발적이지만 사실상 강제적으로 연구원직에서 해임되었다. 9년 후에야 친구의 소개로 유대인 음악 극장에서 일하면서 어린이극, 라디오극의 각본을 쓰고 인형극을 각색했다. 몽골어 시를 러시아어로 번역하기도 했다. 울리츠카야는 유대인 혈통을 지녔으나 유대교인은 아니다. 유대인 극장에서 쌓은 경험은 이후 유대인적 특성을 작품에 녹여내는 근간이 된다. 그는 소설가 이전에 시나리오 작가로 먼저 인정받았다. 영화 〈리버티 자매들 Сестрички Либерти(1990)〉, 〈모두를 위한 여인 Женщина для всех(1991)〉 등의 각본을 썼다. 1980년대 후반부터 잡지에 단편 소설을 발표하던 울리츠카야는 1994년 프랑스어로 번역된 중편 「소네치카(1992)」가 메디치상을 수상하면서 세계 무대에 이름을 알리게 된다. 『쿠코츠키의 경우(2001)』로 러시아 부커상을, 『당신의 슈릭 올림(2004)』으로 러시아 올해의 소설상을 수상했고, 『번역가 다니엘 슈타인(2006)』, 『야곱의 사다리(2015)』로 두 차례 러시아 대작상을 받았다. 국내에는 2012년 박경리 문학상 수상을 계기로 대중적으로 알려지기 시작했다.

울리츠카야는 사회 문제에 대해 적극적으로 논평하며 다양한 자선 프로젝트에 참여하고 있다. 가족력이 있는 유방암 발병으로 이스라엘에서 수술받고 회복되었는데 암 환자에 대한 외과적, 심리적 돌봄에 깊이 감명받아 러시아에서 호스피스 활동을 돕는 자선 재단 베라(Вера)의 이사회에 합류했다. 2007년에는 자신의 이름으로 재단을 설립해, 러시아에서 출판된 책을 선별하여 전 세계의 도서관에 보내는 좋은 책 프로젝트를 진행한다. 그런가 하면 2011년에는 런던 포린 폴리시 센터(London Foreign Policy Centre)에서 열린 대회에 참석, 러시아에서의 정치적 자유에 대해 연설했고, 2014년에는 키예프에서 열린 '우크라이나-러시아의 대화'에 참석하는 한편, 블라디미르 푸틴에 보내는 문화계 인사들의 서한에 서명하여 인권 단체 메모리알(Мемориал)의 체첸 지역 운동가인 오유브 티티예프(Титиев Оюб Салманович) 석방을 요청했다. 분명한 반푸틴 노선을 보이나, 일반적인 반체제 인사들과 달리 모스크바가 유럽의 문화적 일부라는 생각에는 반대한다. 2022년 러시아가 우크라이나를 침공하자 노바야 가제타에 성명을 내고 전쟁을 강력히 규탄했다.

가장 좋아하는 음악가는 바흐고, 어린 시절 읽은 최초의 진지한 책은 돈키호테다. 레르몬토프와 톨스토이, 부닌을 좋아하고 도스토옙스키와 체홉을 좋아하지 않는다. 현대 작가로는 소로킨을 좋아하고 외국 소설은 잘 읽지 않는다. 보르헤스와 움베르토 에코 정도가 감명 깊게 읽은 해외 작가다. 2022년 초 독일 지그프리트 렌츠 문학상을 수상했다. 2022년 3월부터 안뜰이 내려다보이는 베를린의 아파트에서 지내고 있는 울리츠카야는 20세기 초 러시아 이민을 조명하는 『철학적 증기선』이라는 제목의 소설을 쓰고 있다.

번역자의 말

최후의 만찬과 희생 제의, 그리고 행복한 장례식

생활의 일상적이고 세부적인 사항을 차분한 시선으로 꾸준히 들여다보는 능력이 탁월한, '보통 사람'의 이야기 직조자로서 울리츠카야는 「소네치카(1992)」에서 고전에 뿌리 내린 세계의 저력을, 『메데야와 그녀의 아이들(1996)』에서 가족, 이산의 문제를 통해 신화적 상상력을 유감없이 내보이며 구소련 몰락 이후 사회주의 리얼리즘 전통을 대체할 러시아 문학의 보편적 세계관을 향해 모험을 시작했고, 두 작품에 이어 발표한 장편이 바로 미국 뉴욕으로 이주한 러시아인들의 이야기 『행복한 장례식(1997)』이다. 이 작품은 10년 뒤 감독 블라디미르 포킨이 영화화했다. 주연 알렉산드르 압둘로프는 극 중 자신이 맡은 배역인 알릭처럼 몇 년 후 종양으로 세상을 떠나 배역이 배우에게 예언이 되었다.

작가가 훗날 인터뷰에서 밝힌 바에 의하면, 두 아들은 십 년간 미국에 살았고 작가는 매년 아이들을 만나기 위해 일정 기간 미국에 머물며 같은 언어를 쓰는 사람들, 즉 러시아 이민자 사회에서 그들이 관계 맺는 방식과 그들의 운명이 나아가는 방향을 관찰했다. 그렇게 쓰인 소설이 『행복한 장례식』이다. 소설은 별도의 소제목 없이 1부터 21까지의 장면 번호로만 구분되어 있다. 이야기는 더운 날, 죽어가는 알릭과 급격히 마비되어가는 그의 무력한 몸을 둘러싸고 있는 거의 벌거벗은 여자들에 대한 묘사로 시작된다. 그 여자들은 그가 사랑했거나 그를 사랑했거나 그에게 영향을 받았다. 모두 그를 돌보기를 자처한다. 알릭은 누구라도 그를 아는 사람이면 사랑에 빠지지 않을 수 없는 치명적 매력을 가진 남자다. 그의 아파트는 집이면서 집이 아닌 곳이다.

"그들이 사는 집은 그저 지나다니는 안마당 같은 곳이었다. 아침부터 밤까지 사람들로 붐볐는데 밤에도 누군가는 꼭 남아있었다. 파티라면 몰라도 정상적인 삶을 살기는 불가능한 장소였다. 다락 창고를 개조한 곳으로, 합판 칸막이로 끝 쪽을 막아 작은 부엌, 화장실과 샤워실, 손톱만 한 창문을 낸 침실을 구분했다. 조명이 두 개 달린 커다란 작업실도 있었다."

울리츠카야는 코뮤날카(공동주택)의 18제곱미터짜리 방에서 가족과 함께 보낸 유년의 기억을 가졌다. 건물 뜰에서 다양한 모습으로 살아가는 주민들과 사귐을 가졌던 기억도. 그러니까 이 창고 같은 건물 꼭대기 알릭의 작업실 또한 작가가 상상하는 러시아적 소통의 핵심 장소로 역할을 해내고 있는 것으로 보인다.

많은 여자 중에 핵심적인 인물은 이리나다. 소련에서 서커스 단원이었고 이주해온 미국에서 이제 막 날개를 달기 시작한 변호사다. 자폐 장애를 가진 딸이 하나 있고 알릭과는 소련에 있을 때 연인 관계였다. 지금 알릭의 아내는 니나다. 소련 정보국 고위층의 딸이지만 알릭을 뒤쫓아 무작정 미국행을 택했다. 심신이 미약하고 알코올 중독에 빠져있다. 또 다른 사람은 발렌티나다. 수년 전 샌드위치 가게에서 우연히 만난 이후, 알코올 중독에 빠진 니나가 잠든 새벽부터 오전 시간에 걸쳐 알릭이 불륜 관계를 맺어 온 여자다. 이야기가 진행되면서 많은 사람이 알릭의 아파트를 찾아온다. 이야기 전반에 걸쳐 알릭의 친구들과 집주인, 정교회 신부, 유대교 랍비가 등장한다.

알릭은 기적을 베푼다. 5살 때 자폐 장애를 진단받은

15세 소녀 마이카는 알릭을 만나 자폐 증세가 사라진다. 별다른 치료법이 드러나지 않는 '대면'으로 일어난 일이므로 기적이라 할 만하다. 혹은, 현대 서구 의학이 지니는 증상억제 위주의 치료법에 대비되는 러시아적 관계 맺기와 공동체적 우애가 강조되기도 한다. 그의 죽음을 앞두고 정교 사제와 유대교 랍비를 소환시킴으로써 두 종교 지도자는 각자의 신념을 변론한다. 그의 육신은 미국에 닿아 진정 이방인의 지위를 획득했으며 죽음에 이르러 정교도도 유대교인도 될 수 없는, 러시아인이지만 더 이상 러시아인이 아닌 자신의 정체성에 대해 뒤로 물러설 수 없는 질문을 던진다. 알릭은 두 종교 지도자의 인간적인 면모에 감화되며 반대로 그 둘도 알릭의 존재로 인해 그간 알지 못했던 세상을 본다. 알릭에게 아직 마비가 찾아오지 않았을 때 그가 몰두했던 주제는 최후의 만찬이다(그의 그림에는 열두 제자 대신 열두 개의 석류가 식탁을 차지한다).

그러나 자본주의 세상에 적응할 수 없는 태생적 보헤미안인 알릭은 주변의 희생에 철저히 기대어 살아간다. 알릭의 아파트를 찾는 친구들은 돌아가며 집세나 통신비를 대신 지급한다. 그림을 그리던 시절에도 경제적으로 유능하지 못했지만, 마비가 찾아온 이후로는 경제 활동을 아예 멈춘다. 다른 사람들이 그를 위해 제공하는 '일용할 양식'에 대해 그는 신경 쓰지 않는다. 니나는 마리아이자 라헬이고, 이리나는 마르타이자 레아다.

미국이 개인에게 거의 강요하다시피 하는 빚에 대한 비유인 곰팡이 얘기를 살펴보자. 새 땅에서의 적응도에서 큰 차이를 보이는 두 의사 피마와 베르만에 대한 묘사다.

"그럼에도 불구하고 그의 사업은 잘 돌아갔고, 성장해 가면서 더욱 추진력을 얻었지만, 모든 소득은 이 나라에서 습기 찬 벽에 곰팡이 피듯, 눈 깜짝할 사이 저도 모르게 불어나는 대출 이자를 갚는 데 사용되었다.

베르만의 빚은 사십만 달러 이상 되었지만, 피마의 빚은 사백 달러였다. 미국식 논리로 말하자면, 한 사람은 번영했고, 다른 한 사람은 여전히 비참한 상황에 놓여있었다. 그들은 둘 다 낡아빠진 아파트에서 살고 있었고 싼 음식을 먹기도 매한가지였다. 유일한 차이점으로 귀결되는 것은, 베르만에게 의사 신분에 어울리는 품위 있는 양복 세 벌이 있다면, 피마는 거지 같은 옷을 걸치고 다닌다는 정도였다."

자본주의 시스템에 적극적으로 올라타지 못한 피마와

어느 정도 속도감을 가지고 적응해 가는 베르만은 습기 찬 벽 속 곰팡이처럼 크고 작은 빚을 떠안고 산다. 그런데 생활 감각이 전혀 없는 알릭만은 친구들의 능력에 기생해 살며 소득도 없지만 곰팡이 즉 빚도 없다. 알릭의 정신적 탐색과 미심쩍은 매력은 불가사의한 러시아 정신의 일부로 해석될 수 있을지언정 곰팡이 피는 자본주의적 현실의 대안이 되지는 못한다. 그러니 "시끄럽고 무질서한 소굴"에서 그는 석류를 그리다 석류 꼭지를 뽑고 죽어간다(석류와 수류탄은 어원이 같다).

환청과 환상에 시달리는 알릭의 마지막 시간 묘사가 흥미롭다. 현상에 대한 작가의 자연과학적 분석이 탄탄하게 뒷받침된 가운데 떠나온 세계에 대한 근원적 그리움을 환상적으로 그려냈다. 그를 사후 세계로 손짓해 부르는 주요 인물은 학창 시절 물리 선생이었던 니콜라이 바실리예비치다. 울리츠카야는 인터뷰에서 10살 때 자신을 가르친 안토니나 보그다노바 선생을 떠올린다. 1953년 스탈린이 사망한 이후 선생은 "모든 민족은 훌륭하다."라고 말했다고 울리츠카야는 기억한다. 어린 울리츠카야에게는 이전까지 익숙하던 "평등하다"가 아니라 "훌륭하다"라는 말이 가슴 깊이 와닿았다고 한다. 이것은 작가가 '관제 전통'이 아닌 실제 전통으로 삼은 명제다.

「소네치카」에서 지금은 잊혔으나 한때는 전설적인 화가였던 로베르트 빅토로비치는 간략하게 요약되는 역사적 사건들과 함께 뒷배경으로 사라지고 이 모든 일의 관찰자이며 인내하고 수용하는 삶을 산 소네치카가 과거를 전하고 현재를 살며 내일을 이야기하는 주인공으로 남은 것처럼,『행복한 장례식』에서 비범한 재능과 주변인의 마음을 사로잡는 인간적인 매력에도 불구하고 방만하고 무책임한 삶의 태도를 보이는 알릭도 뉴스 화면으로 전해지는 쿠데타 소식과 함께 세상을 등지는데, 이 모든 일의 보호자가 되고 궁극적으로 주변을 화해로 이끄는 인물은 이리나다. 울리츠카야가 개인과 역사의 서사를 통해 탐구하는 것은 용서와 화합의 가능성이다.

결국 알릭의 죽음은 미국인과 러시아인, 유대인과 기독교인, 부자와 가난한 자, 흑인과 백인을 한자리로 불러 모은다. 약초를 이용한 러시아식 민간요법이 미국의 최신 핵의학과 대비되고 볼리비아 원주민의 제의적 음악과 흑인 음악에 기초한 재즈가 맨해튼 곳곳을 배경으로 들리다가 민속학을 연구했던 발렌티나를 통해 러시아 민요로 마무리

된다. 울리츠카야의 '전통'에 대한 문제의식은 이리나의 각
성으로 윤곽을 드러낸다.

"'과거는 이미 끝났고 바꿀 수도 없다. 그러나 과거가
미래에 대한 권리를 갖지는 못한다.' 그녀는 그런 경우 이
렇게 말했다. 그러다 갑자기, 바꿀 수 없는 그녀의 과거가
그녀에 대한 권리를 가진다는 걸 알게 되었다.
　다가올 죽음에 대해서도, 과거의 삶에 대해서도 이리
나는 알릭과 대화해 본 적이 없었다. 그러나 그녀가 상상
조차 할 수 없었던 일이 일어났다. 티셔츠가 알릭이나 그의
친구들과 그토록 쉽고 자유롭게 대화를 나누다니. 그들 중
누구도 이 소녀가 그토록 복잡한 정신적 장애를 겪고 있다
고는 생각지 못했다. 그러나 지금 이리나는 무엇이 자신을
이 시끄럽고 무질서한 알릭의 소굴에 벌써 이 년째 시간 날
때마다 오게 하는지 자신에게 설명하기 어려웠다."

고통 가운데서도 인내하며 자신의 인생을 개척해온
이리나에게 결국은 알릭의 유산이 계승된다는 점은 결코
우연이 아니다.

배경이 맨해튼인 만큼 성적인 묘사나 욕설이 속속 등

장한다. 전작인 「소네치카」의 자연주의적인 묘사에 호감을 느낀 독자라면 당황할 수도 있다. 그러나 소련은 무너졌고 사회주의 리얼리즘적 미학을 대체할 전통의 기반을 찾던 울리츠카야는 정신착란 직전까지 가 있던 자신의 러시아를 자본주의가 활동하는 최전선인 맨해튼으로 데려가 러시아 정신을 고민한다. 발표 당시 서구에서 러시아 정신을 난잡하고 미덥지 않고 무책임한 것의 총체로 여길까 봐 불편해하던 러시아인들이 많았다고 한다. 이민 사회를 배경으로 그가 보여주는 러시아 정신은 배타적이고 독단적인 것이 아니다. '고통'을 직시하는 것으로 출발해 고난받는 존재들을 보듬는 능력이다. 이는 피마를 통해 고백 된다.

"이 나라는 고통을 증오했다. 고통을 존재론적으로 거부하고, 즉각적인 근절이 요구되는 특별한 경우 정도로만 여겼다. 고통을 부정하는 이 젊은 국가는, 철학, 심리학, 의학 집단이 총체적으로 단일한 직무에 종사하도록 만들었다. 어떤 대가를 치르더라도 인간을 고통으로부터 구해야 한다는 임무였다. 피마의 러시아적 두뇌에는 이러한 이념이 자리 잡기 힘들었다. 그를 키운 토양은 고통을 사랑하고 소중히 여겼으며 심지어 그것을 자양분으로 삼았다. 고통 속에서 인간은 성장하고 성숙하고 현명해졌다."

소설의 상당 부분이 유대교와 기독교의 입장을 제시하고 화해의 장을 마련하려는 초대에 할애되었다. 여기서 주제를 발전시켜 홀로코스트와 유대교, 기독교, 이슬람교 간의 화해의 필요성을 다룬 본격적인 소설이 『통역사 다니엘 슈타인』이다. 작가가 바라보는 종교는 독단적 교의와 권위를 강요하지 않고 신과 이웃 사랑을 실천하는, 삶 속에 녹아든 종교다.

풍부한 어휘력에 묻어나는 유머 감각과 러시아인의 범주에 속한 수많은 인종과 민족이 전통으로 삼는 문화를 깊이 있게 전달하는 능력은 울리츠카야만의 미덕이겠다. 이는 번역자로서 흥미로운 지점이면서 고민의 지점이 되기도 했다. 러시아어 인명을 포함한 고유명사가 지니는 낯섦과 러시아 정교, 유대교 교리와 제의적 특성을 설명하려다 보니 불가피하게 긴 각주가 붙은 점도 독자들에게 양해를 구하게 되는 대목이다.

2022년 7월
서정

마르코폴로